EVETFA
The Fatal Attraction

松山みずき
Mizuki Matsuyama

イラスト・シーズウェア
デザイン・渡辺宏一（2725 Inc.）

一日目

Marina 1

私は、目の前にいる少女を見た。

十八歳。躍動的《やくどうてき》なショートカット、くりっとした瞳《ひとみ》に幼《おさな》さが残る。細い手足をきっちりとそろえて、パイプ椅子《いす》に座っていた。全身を緊張《きんちょう》させ、下がりめの眉毛《まゆげ》をさらに下げ、今にも泣きそうな表情《ひょうじょう》をしていた。

「じゃあ、名前を聞かせてくれる?」

私の声に、彼女はうつむき加減《かげん》だった顔を上げる。

「藤井《ふじい》……ユカ」

「藤井ユカ――ユカちゃんね。よろしく、私は法条《ほうじょう》まりなよ」

「法条さん……」

「まりなでいいわ」

ユカは私の顔をじっと見つめていた。私にどんな評価《ひょうか》を下《くだ》そうか迷《まよ》っているようだった。

「今日《きょう》から私はあなたの護衛《ごえい》につくの」

ユカは答えない。表情も変わらない。

「同時にあなたのご両親が殺害《さつがい》された事件の捜査《そうさ》もするわ」

ここは官庁街《かんちょうがい》のはずれにあるビルの一室だ。内閣調査室管轄《かんかつ》にある内務調査室の一室。私はそこのエージェントだ。警察官《けいさつかん》ではないが、はっきり言ってそれより身分《みぶん》は上に位置する。

国家《こっか》の公安《こうあん》にかかわる調査をしている政府機関——それがここ内務調査室だ。

そこでなぜ、この少女の両親、藤井政夫《まさお》と好子《よしこ》が殺された事件を捜査するのか——それには訳《わけ》がある。

二日前のことだ。

その日の深夜《しんや》、ユカは階下《かいか》からの悲鳴《ひめい》で目を覚《さ》ました。母親の声のようだったが、その悲鳴はそれきり聞こえなくなった。

ユカはしんと静まりかえっているにもかかわらず、家の中が異様《いよう》な緊張に満ちていることに気づいた。階下で何かが起こっている。母親に、いやもしかして、両親に何かが起こっているかも……！

確かめなければ、という気持ちと、恐ろしさがユカの中で葛藤《かっとう》していた。ベッドから降りたが、足が動かない。ドアまで行くのも怖かった。

ふいに階下から何かが割れる音が聞こえ、そしてしばらくしてドスンと何かが倒れる音——。

ユカは、とっさにクロゼットに飛びこんだ。震《ふる》えながら服の中に身を隠《かく》し、耳をすませた。

何も聞こえない。でも、異様な空気はいまだに残っている。寝る前まで、いつもと同じだったずだったのに。

それからどれくらい時間が流れたのか……ユカはクロゼットの扉《とびら》に手をかけた。階下に行かなければ。両親に何があったのか、確かめなくてはならない。

だが次の瞬間《しゅんかん》、ユカの手は凍《こお》りついた。階段を誰《だれ》かが上《のぼ》ってくる！

かすかなきしみが、ユカの身体全体《からだ》にのしかかってくるようだった。ユカは扉から手を離し、胎児《たいじ》のように身体を丸めた。耳をふさいでも、響《ひび》いてくる音は消えない。あれは、父の足音でないのだけはわかった。誰か知らない人間がいる。ユカに確実に近寄ろうとしている――！

だが、その足音は二階には来なかった。

途中《とちゅう》で足音は止まり、階下に下りた気配《けはい》があった。しばらくして車のエンジン音が遠ざかるのをユカは耳にする。

それから少しして、震える足で居間に下りたユカが目にしたのは、めった刺しにされた母と、縛《しば》られ、首を真一文字《まいちもんじ》に切られた父の姿《すがた》だった。

すぐに病院へかつぎ込まれたが、二人ともすでに死亡していた。殺害現場である居間は血の海だったという。玄関《げんかん》の鍵《かぎ》に壊《こわ》された形跡《けいせき》はなく、客を装《よそお》って侵入《しんにゅう》したらしいが、室内《しつない》に物色《ぶっしょく》のあとはない。知り合いだろうか。物取りではないとしたら目的は何だろう。ユカの両親は、明らかに拷問《ごうもん》を受けていたのだ。

「まりなくん、コーヒーでもどう？」

ドアの隙間《すきま》から、甲野《こうの》三郎《さぶろう》が顔を出した。

「あら、本部長。気がきくわね」

私は努《つと》めて明るく答えた。ユカが振り返る。

「お嬢さんも飲むかい？」

ユカに表情は浮かばなかったが、こくりとうなずいた。

「じゃあ、一休《ひとやす》みね」

「はい……」

ほどなくして、テーブルに三つのカップが並んだ。

「あー、やっぱり本部長の入れるコーヒーは最高だわー」

私は素直に声をあげた。ユカはそんな私たちを不思議《ふしぎ》そうな目で見ている。

「アメリカでどんなコーヒー飲んでたの、まりなくん？」

「泥水《どろみず》みたいで味がよくわからないか、薄《うす》くて味がないかのどっちかよ」

上司《じょうし》であるはずなのに、私は甲野にそんな口調《くちょう》でいつも話す。しかも、彼の肩書《かたが》きは〝本部長〟ではないのに。それは、かつて警視庁公安部に所属していた頃の肩書きだ。そして、私はその当時も彼の部下だった。それからずっとこんな調子《ちょうし》だ。

「それはずいぶんとはずれに当たったもんだね」

甲野は同情《どうじょう》したように言う。

「アメリカに……？」

事件の話からずれたせいだろうか、ユカが自分から声をあげた。

「そうよ。昨日《きのう》、帰ってきたばっかり。ユカちゃん、この事件の犯人《はんにん》を見つけるために、私は呼び戻されたのよ」

ユカが驚《おどろ》いたように目を見開く。

「まりなくんが来たからには、大丈夫《だいじょうぶ》だよ、ユカちゃん」

甲野が安心させるように言う。ユカは私と本部長を見比べ、目を落とした。

「さあ、飲んで。それともコーヒーは苦手《にがて》かな？」

「いえ……いただきます」

ユカはカップに口をつけた。

「おいしい……」

笑《え》みは浮かばなかったが、ため息みたいにそうつぶやいた。事件があってから、彼女は温かいものを口にしただろうか。両親以外身寄《みよ》りもいないそうだ。

無言《むごん》でコーヒーを飲みながら、私は甲野から渡された調書《ちょうしょ》に目を通した。ユカの両親——藤井夫妻には、拷問された痕跡《こんせき》がある。しかも、殺害方法や逃走の手際《てぎわ》の良さ、目撃者《もくげきしゃ》が皆無《かいむ》という点で、プロの手口《てぐち》であろうと推測《すいそく》される。

物色されたあとがないということは、目的は藤井夫妻かどちらか一方か、ということになる。だが検視結果からすると、妻を切り刻む様子《ようす》を夫に見せて拷問を行ったらしい。すると標的《ひょうてき》は藤井のほうだ。

藤井の持つ情報《じょうほう》が欲《ほ》しかったのか？　それはどんな情報なのか。欲しいものを手に入れたのだろうか――。

藤井家の現場検証にユカを連れていくことは、さすがの私もためらわれたが、何しろ情報が足りない。申し訳ないが、事件現場で、彼女から生の情報を引き出すしかなかった。

急いでいるのは、それなりに理由がある。藤井夫妻と同様の手口で殺された人間が、あと一人いるのだ。やはり拷問をかけられている。さらに言えば、その江崎洋介《えざきようすけ》という人物には、ドラッグの密輸入の疑惑《ぎわく》があった。加えて、不審《ふしん》な入国者がこの街に流入《りゅうにゅう》しているらしい。何か組織が裏で動いている、と上層部は見たわけだ。その調査が内調《ないちょう》に回ってきて、そして甲野が私を呼び戻した。今の私の表向きの肩書きは、警視庁捜査一課の刑事だ。

藤井家は、新築間もない瀟洒《しょうしゃ》な豪邸《ごうてい》だった。ほんの二日前まで、この家の中で、ユカたちは絵に描《か》いたような理想的な生活を送っていたのだ。

しかし今は、門扉《もんぴ》の前に警官が立っており、物々《ものもの》しい警戒が敷《し》かれていた。

「素敵《すてき》な家ねぇ」

ユカは門の前で立ち止まった。

「あの……どうしても行かなくちゃだめですか？」

震える声でそう言った。

「犯人《はんにん》を捕《つか》まえたいのならね」

冷たい言葉《ことば》に聞こえるかもしれないが、現実は現実だ。

「逃げてばかりじゃ捕まらないわよ」

ユカはつらそうな表情ながら、背筋《せすじ》をのばして自分の家をまっすぐ見上げた。

一階にはリビング、ダイニング、キッチン、バスルームとピアノのレッスン室、客間があるという。二階には両親の寝室とユカの部屋、藤井の書斎《しょさい》がある。庭は広いが、専門家に整えられたばかりのようで、まだ家族の手が入っている気配はなかった。

私は一階を後回《あとまわ》しにして、二階に上がった。

「まずはお父さんの書斎を見せて」

少しほっとした顔になってユカは先に立つ。

普段《ふだん》からそうなのか、現場検証をした警察が整えていったのか——それはよくわからないが、書斎はきちんと片づけられていた。本が詰まった壁《かべ》一面の本棚と黒光りのする重厚な机、座り心地《ごこち》のよさそうなソファーもあった。机の上にはユカの写真もあった。

私はユカに断り、机の中や本棚を調べた。絵の裏や、ソファーの下も調べる。しかし、目を引くものは見つからない。鍵のかかった箇所《かしょ》も、警察のリストの中にも、直感《ちょっかん》に触《ふ》れるものはなかった。

両親の寝室も同様だった。あの夜、眠るために整えられたシーツにくるまれたベッドが二つ並んでいるだけだ。

ユカの証言によれば、犯人は二階には上がってこなかったことになっているが、ユカが眠っている間にこれらの部屋へ来て、何かを持っていった可能性がないわけではない。けれど、それにしては痕跡が一切《いっさい》なかった。勘《かん》で言えば、犯人は本当にここには来なかったのだ。おそらくユカの言うとおり、階段の途中で引き返してしまった。

それはなぜ？

「ユカちゃん、あなたの部屋に——」

言いかけて私ははっとする。ベッドサイドのテーブルの上に、家族三人の写真とユカの写真が飾《かざ》られている。彼女はそれをじっと見つめていた。写真の中のユカは両方とも笑顔で、ピースサインをしていた。呆然《ぼうぜん》とした表情を、私はしばし見守る。

「写真、持っていけば？」

「いいです……。持ってるから」

「そう」

私たちはユカの部屋に向かった。彼女が隠れていたところは、三畳ほどのウォークインクロゼットだった。両親の寝室にも同様のものがあったが、一人で使っているわりには物が多かった。

「今日はまりなさんちに泊《と》まるんですよね」

「そうよ。手料理もごちそうするから、楽しみにしてて」

私のその言葉にあまりの違和感を感じたのか、ユカは少しだけ口元を上げた。

「着替え、持っていかなきゃ」

けれどそのあとは、黙々《もくもく》と荷物をバッグに詰め込み始める。「着替えを取りに行くのを口実《こうじつ》に、彼女立ち会いの現場検証を」と甲野は言ったが、私はそれを拒《こば》んだ。そんな嘘《うそ》では、彼女は心を開かない。もう一度現場に戻って、何か思い出してほしい。それを彼女にもわかってほしかったし、犯人への復讐《ふくしゅう》心でもいいから何か感情を持ってほしかった。それがあれば、どこへ自分が行けばいいのか、わかるから。それは私が一番よく知っているから。

ユカの部屋は調べる必要はないと思われた。二階にはもうほとんど手がかりはないだろう。

「下に行くんですよね？」

私の気持ちを察したように、支度《したく》のできたユカが声をかけてきた。

殺害現場は、リビングだ。

ユカは、入口から一歩も中に入れなくなった。

床《ゆか》の血の染《し》みが、完全に消えていない。私には何も感じられないが、彼女はあの夜の血の臭《にお》いまで思い出していることだろう。

「大丈夫、ユカちゃん？」

「……ここにいていいですか？」

「いいわよ。じゃあ、そこで見てて」

二階よりも念入りに、私はリビングを調べた。警察からの資料と照らし合わせながらていねいに見て回ったが、何も出てこなかった。

ここで血を流しながら、藤井は何を思ったのだろう。妻を殺されて、情報を漏《も》らしたのか？　それとも最後まで耐えたのだろうか。ユカの存在《そんざい》を犯人は知っていたのか、藤井があざむいたのか——。

ユカにわからないようにため息をつく。

「ごめんなさい、もうすぐ終わりだから……」

「なにか見つかりましたか？」

ユカの声は硬かった。

「……物的《ぶってき》にはなにも……でも、私がここに来ることが重要なのよ。ユカちゃんと一緒《いっしょ》に」

「ほんとに？　けどあたしには、とてもそんなふうに思えないです……。もう一度確認をしただけだもん」

「ごめんね」

「まりなさんがあやまることないです。あたしが確認をしたのは、ここでパパとママが殺されたってこと。あたしが一人、残されたこと。犯人がまだ捕まっていないこと」

私は、じっとユカの横顔を見つめる。

「あたしの手で、犯人が捕まえられれば……」

ユカはそう言って、膝《ひざ》に顔を埋《うず》めた。

「ここで休んでて、ユカちゃん。私はもう一度二階を見てくるから」

ユカの反応はない。私はそっとその場を離れた。

私は階段を一人で上り始めた。二階にはもう、何もない、と私は思っていた。私が見たかったのは、この階段だ。犯人が途中で下りたのはなぜだろう。どうして途中で気が変わったのだろうか――。

半分まで上ったとき、その音が聞こえた。

銃声《じゆうせい》!?

ユカの悲鳴が響く。たった一発だが、まさか!?

「ユカちゃん!!」

一人にするべきではない、と思っていたのに――彼女に何かあったら……!

ユカは、リビングの窓《まど》のそばに座り込んでいた。床には窓ガラスが飛び散っている。そのかけらの中に座り込み、ユカはひきつった泣き声をあげていた。

「大丈夫ですか!?」

表に立っていた警官が飛びこんでくる。私はユカを立たせながら叫《さけ》ぶ。

「人影《ひとかげ》は!?」

「私が見た限りはありません。同僚《どうりょう》が今、家の周囲を回っております」

「物音は？　逃げる足音は聞こえなかった？」

「それも聞こえませんでした」

私は、身体の力が抜けたユカを窓から離した。

「ユカちゃん、大丈夫!?」

「なんで……なんであたしがこんな目に……！」

私の質問に答える余裕はないようだ。とにかく、どこか安全なところに連れていかなくては。

「本部には知らせた？」

警官にたずねる。

「はい」

「私はこの子を連れて帰るから。現場検証したら、知らせて」

「はい、わかりました！」

私はユカを抱えて藤井家をあとにした。やはり犯人は、ユカを狙《ねら》っている？　あの夜にできなかったことを、もう一度成し遂げようとしているのだろうか——。

Kojiro 1

何か、夢を見ていた気がする。けれど、目覚《めざ》めると夢は溶けるように消えていく。あとはどんよりしたまどろみが残るだけだ。

俺《おれ》がそんなことを考えているってことは、起きてるってことか？

ベッドから身体を起こして、あたりを見回す。壁の時計を見ると、さっきベッドに入ったときから一時間もたっていないことがわかった。徹夜《てつや》の張り込みからやっと解放され、報告書を仕上げて、ようやく眠れると思ったのに……どうして起きちまったんだ？

そのとき、気づいた。ドアを叩《たた》く音が聞こえる。本当に目が覚めてきたらしい。

「そうか……この音で……でも、誰だ？」

ここ天城《あまぎ》探偵《たんてい》事務所に訪ねてくる人間はそう多くない。港の倉庫を借り切って——といえば格好《かっこう》がいいが、街から離れているせいで、人通りもめったになく、淋《さび》しいところなのだ。午前中のこんな時間ならなおさら人はいない。唯一《ゆいいつ》の所員である氷室恭子《ひむろきょうこ》はさっきクライアントに報告書を届けに行ったばかりのはずだし——鍵でも忘《わす》れたか？

鉄製の扉を叩く耳障《みみざわ》りな音が続いていた。

「誰だ？」

俺はようやく声をかけた。

「誰？」

こっちの質問に、何とも不躾《ぶしつけ》な返事が返ってきた。ここをどこだかわかって来たんじゃないのか？

「天城さん？ ここは事務所じゃないの？ それとも今日はお休み？」

女の声だった。鉄の扉ごしにもよく響く。

ドアを開けると、背の高い女が一人、立っていた。肩までの艶《つや》やかな黒髪が、無造作《むぞうさ》に潮風に揺れている。浅黒い皮膚《ひふ》に長い足。エキゾチックな美貌《びぼう》の持ち主《ぬし》だった。

「おはようございます。天城さん？ 天城小次郎《こじろう》さん？」

「あ、ああ、そうだけど」

一見《いっけん》して贅沢《ぜいたく》な身なりをしていた。化粧《けしょう》も完璧《かんぺき》だし、ふわりと良い香りもする。抱きしめたら折れそうな腰《こし》をひねり、ぴたりと立ち姿を決めていた。モデルでもやっているのか？ モデルが何でこんな場末《ばすえ》の探偵事務所に用があるというのか。

「私、栗栖野亜美《くるすのあみ》と申します。あなたにご依頼《いらい》したいことがあって」

「え、依頼人？」

「そうです」

栗栖野亜美と名乗った女は、怪訝《けげん》な顔をした。

「ここ、探偵事務所なんでしょ？」

「え？　ああ、そうだよ」

「入れてくださる？」

「ああ、散らかってるけど、どうぞ入ってくれ」

亜美は、ためらいなく事務所内に足を踏み入れたが、すぐに足を止めた。

「もしかして、寝てらしたの？」

「まぁな」

亜美はしばらく物珍しそうに周りを見回していた。無理もない。こんな身なりの女がこんな煤《すす》けた室内に慣れているとは思えないし、内心後悔《ないしんこうかい》をしているのかもしれない。けれど彼女は、おとなしく古びたソファーに座りこんだ。

服のまま寝込んでいた俺は、少しだけ服装を整えて、彼女の前に座る。スリットから形のいい足がのぞいていた。

「お待たせしました。で、用件は？　家出人捜《さが》し？　それともペット？　浮気調査かな？」

「ここはそういう依頼ばかりなの？」

「……いや、そういうわけでは」

本当はそういうのばかりなのだが。

「残念ながら、そのどれでもないわ」

何だかカチンとくる言い方だが、とりあえず無視する。

「ある人物《じんぶつ》のボディガードをしてもらいたいの」

「ボディガード？　もしかしてあんたのか？」

「違うわ。私は安藤《あんどう》商事という会社の社長秘書をしているの。ガードしてほしいのは、我が社の社長、安藤よ」

社長のボディガードとは——単純な理由ではないだろう。秘書が依頼をしてくるということは、個人的なこととは思えない。何かやっかいなことを抱えているのではないだろうか。

「そういうボディガードは、探偵の仕事とは言えないな」

「そうかもしれないけど、経緯《けいい》や背景《はいけい》が簡単ではないのよ」

「警察や警備会社には頼めないことが裏にあるわけか」

「そう思ってもらってもけっこうだけど、私にもよくわからないの。とにかくボディガードをしてもらいたいってことで」

すましてそう言うが、実際のところ深くは話せない、ということだろう。

「報酬《ほうしゅう》ははずむわ」

「そう言われてもな……だいたい、どうして俺のところに来たんだ。他《ほか》にもこの街には有名な探偵事務所がいくらでもあるのに」

「それは社長に会って訊《き》いてみて。私は社長に言われてここに来ただけよ。社長はどうしてもあなたに依頼したいと言っているの」

本当に何も知らないんだろうか。

「その社長っていうのは、どんな人物なんだ？」

「立派な方よ。一代で会社を築いたわ」

「なにを扱ってる？」

「いろいろ――それも社長に訊くといいわ」

「狙われてるのは、会社がらみのことか？」

「どうかしら？」

亜美は曖昧《あいまい》な笑顔をはりつかせて答えた。

「俺がどうしてもいやだと言ったらどうするんだ？」

「そう？　断れる？」

亜美は、事務所の中をくるりと見回した。

「悪い話じゃないと思うんだけど」

俺は返事に詰まった。確かに、ふところ具合は決していいわけじゃない。けれど、探偵は警備員や用心棒《ようじんぼう》ではないのだ。この女は何かを勘違いしている。それに、その安藤という男――面識《めんしき》もないのに、なぜ俺なのか。

「まずはその社長に会ってから考える。それからじゃないと結論は出せないな。狙われてるんなら下手《へた》に出歩けないだろうから、俺が行く」

「ありがとう」

「返事はそれからだ」

「報酬はお金だけとは限らないわよ」

亜美は俺の気持ちを見透《みす》かしたような微笑《ほほえ》みを浮かべた。それから一枚の名刺を差しだす。

「ここが安藤商事の住所よ。夕方五時くらいのご都合《つごう》はいかが?」

「ああ、大丈夫だ」

「じゃあ、五時に社長室で。よろしくお願いします」

亜美は頭を下げると、あっさりと帰っていった。一人残された俺は、気の抜けたため息をついた。彼女が置いていった名刺に目を落とす。

〝株式会社安藤商事　社長　安藤左衛門《さえもん》〟

「左衛門——こりゃえらく古風《こふう》な名前だな」

ま、人のことは言えないが。

それにしても、強引《ごういん》な女だった。あれでは承知《しょうち》するも何も、ほとんど強要《きょうよう》に近い。つまり、こっちの足元を見ている、ということだ。だが、いくら何でも一面識もない人間にボディガードを頼むというのは——しかも、どうしても俺に頼みたいというのはどういうことなのか。

それに、狙われているといっても、程度も問題だ。大方《おおかた》商売でドジ踏んで、ヤクザにでも目をつけられたのかもしれないが、それなら俺でも何とかなる。だが、そうじゃない場合は？ ヤクザとだって危険はともなう。それ以上のことだって、充分ありえるが――。

「とにかく、安藤に会わないことにはわからんな……」

俺は、名刺を見つめてそうつぶやいた。

「あれ？ 開いてる」

入口のほうから、また人の気配がする。

「あら、小次郎。寝てたんじゃなかったの？」

所員の氷室恭子が帰ってきたのだ。

「寝てたけど、起こされた」

「そうなの？ 誰に？」

そう言ってすぐに、氷室は顔をしかめた。

「なんだよ」

「香水の香りがする……」

何て鼻のいい女なんだ――って無理もないか。かなり濃厚《のうこう》だったし。

「なにしてたのよ、いったい⁉」

「勘違いするなよ、依頼人が来たんだ」

「え？　仕事？」

「ああ」

「珍《めずら》しい！　一つ終わったら、いつも開店休業状態だったのに、続けて依頼が来るなんて！」

氷室は本当にうれしそうだった。

「あとでくわしく話す。そっちはどうだった？」

「報告書と請求書を渡してきたけど、大変だったわ」

氷室はため息をつく。

「請求書に文句《もんく》つけたのか？」

「金額では別に揉《も》めなかったけど、報告書を受け入れようとしないのよね。これは僕の妻じゃない。こんなことするわけないってばっかで」

鮮明《せんめい》なビデオや声紋《せいもん》のグラフまでつけた、これ以上ないというくらい詳細《しょうさい》な報告書だというのに。

「あげくのはてには、もう一度調査し直してくれって土下座《どげざ》までしてたわよ」

「ということは、金が振り込まれるまで、もう少し時間がかかるかもってことか……」

来る仕事を拒む余裕《よゆう》はなし、と――。

「ところで、ピザ買ってきたんだけど、食べる？　それとももう少し眠るの？」

「ああ、食べるよ。五時には行かなきゃならないから、なにか腹に入れとかないと――」

「どこ行くの？」

「それが新しい依頼ってやつだよ」

　起き抜けにピザはつらいが、今はそれしか食べるものがないので、贅沢は言っていられない。

　俺も氷室も、料理なんかしないのだ。

「ボディガード？」

　氷室は、ピザをかじる手を止めて、驚いた声をあげた。

「なんで探偵事務所にそんな依頼を……？」

「その社長が妙に俺を買っているらしい。どういうツテだか知らないが」

「へー、それだけここが有名になったってことかしら」

　それが確信できるほどの真実であれば、こんな胸騒《むなさわ》ぎはしない。

「それで受けるの？」

「報酬はかなり払ってくれるらしい。でも、わかってるのはそれだけだ。夕方五時に当の安藤と会う約束をしたから、話をしてみて、それで決める」

「そうね。ボディガードっていったって、ピンキリだし」

「それで頼みがある。安藤商事というのを洗ってくれないか？」

「そんなの、言われなくてもやるわよ」

当然、という表情を氷室は浮かべた。

「仕事関係のトラブルが予想されるから、取引先と金回りを中心に。あと、社長の交友関係も知りたい」

「わかったわ。さっそくとりかかる」

氷室は空《から》になったピザのボックスをゴミ箱に放り込むと、パソコンの前に座り込む。

時計を見上げると、約束の五時まではだいぶ時間があったが、目は完全に冴《さ》えていた。

「少し寝なさいよ。起こしてあげるから」

「いや、少し考えたいし……シャワーを浴びて、外に出てくる」

「そう？」

氷室はそう言ったきり、パソコンに向き直った。集中しているのが、背中からでもわかる。

元は政府機関の調査官をしていた女だ。探偵業務全般から、コンピュータのハッキングまで何でもこなし、素晴らしく優秀――。その腕を欲しがるところは山ほどあるだろうに、どうしてこんな探偵事務所を手伝ってるんだろうか。

俺は、彼女の邪魔《じゃま》をしないよう、そっとシャワーを浴び、外に出た。

「お、お疲《つか》れ、まりなくん。どうかしたかね？」

局長室に入った瞬間聞こえた甲野ののんびりとした声に、私は思わず声を荒げた。

「どうしたもこうしたもないわよ！　撃《う》たれたわ！」

「ええっ!?　どこで!?　怪我《けが》はないかね？」

「私もユカちゃんも無事よ。ユカちゃんの家に一発だけだけど、撃ちこまれたの。彼女、だいぶショックを受けてるわ」

ユカは、ソファーに倒れこんだ。震えが止まらないらしい。

「杏子《きょうこ》から連絡はないの？」

「いや、まだだが――」

「あの子は～、なにをしてるの～」

内調から警視庁に出向《しゅっこう》している桐野《きりの》杏子は、かつて私が教官をしていた頃の教え子だ。今朝《けさ》、ユカを警視庁から連れてきたときに会ったけれども、相変わらずおっとりとしたままだった。これでは、何のために捜査本部にいるのだかわからないではないか。

「まあまあ、まりなくん、落ち着いて。尾《つ》けられたりはしなかったかい？」

「それはたぶん大丈夫だと思うけど」

「まあ、ちょっと座りなさい。ユカちゃん、お水でも持ってこようか？」

ユカは返事をしなかったが、甲野は部屋を出ていった。私は大きなため息をついて、机の前の椅子に座りこむ。まもなく甲野はユカのために水の入ったコップを持って戻ってきた。

「私にはなにもなし？」

「あれ、なにか飲みたい？」

「ひどい。いきなり銃撃《じゅうげき》をされたかわいそうな部下に、水の一杯も汲《く》んでくれないなんて！」

「そんな嫌味《いやみ》を言う余裕があるんなら、平気だろう？」

「まあね。怪我もなかったし」

私は立ち直りが早い。今の段階で次の銃撃のことを考えたとしても狙われなくなるわけでもないし、そんなことでストレスを抱えるのは時間の無駄《むだ》だ。

「しかし、撃たれたとなると……捜査員を増やしたほうがいいだろうか」

甲野は、ユカにはばかりながら、小声で話し始める。

「ううん。そんなに大きな問題じゃないと思うけど」

甲野は、不思議そうな顔で私を見た。

「だいたいプロの殺し屋が白昼堂々《はくちゅうどうどう》と、しかもすでに自分が殺人を犯《おか》した場所で発砲《はっぽう》するってておかしくない？」

「確かにそうだな」

「手口も違うし」

藤井夫妻はナイフで殺されたのだ。

「殺し屋のアシストとして捜査を攪乱《かくらん》するために別の人間が撃ちこんだか、藤井氏を狙っている勢力が複数あって、先を越されたほうが牽制《けんせい》したってところじゃない？」

「うーん、どっちにしろ一発だけだから、脅《おど》しだろうなあ」

その脅しがきかなかったら、今度はどんな手で出てくるのかわからないけれど。

「ところで、藤井家でなにかわかったこととかあったかな？」

「そんなはっきりしたことはわからないわね。警察が見つけたこと以上に収穫《しゅうかく》はないと思っていいでしょう。もう一人の被害者の江崎《えざき》だっけ？　その家を見たら、もう少しわかるかもしれないけど」

「そうだな。じゃあ、報告はそこから帰ってから聞こう」

「ええ。ユカちゃんは置いていくから、しっかり守ってあげてよね」

「まりなくんも気をつけたまえよ。君が狙われてる可能性《かのうせい》だってあるんだからね」

「わかってるわよ」

ユカはいつの間にかソファーに座り直して、水を飲んでいた。だいぶ落ち着いたようだが――。

「ユカちゃん、ここにいてくれる？　ちょっと出かけてくるから」

こくんとうなずくが、顔はこわばったままだった。

江崎の家も、藤井家に優《まさ》るとも劣《おと》らない豪邸だった。彼は、ここに一人で住んでいたのだ。調書によれば、家族も親戚《しんせき》もいない。天涯孤独《てんがいこどく》の身だったようだ。

「そういえば、藤井夫妻にも身寄りがなかったわね」

不思議な共通点だ。もちろん、余計な部屋に証拠《しょうこ》を残さなかったり、殺害にナイフを使用し、目撃者が皆無な点でも共通していた。

殺害現場の地下室ではなく、藤井家と同様、先に他の部屋を調べる。一階にはLDKやガレージがあり、二階には寝室や書斎。どこの家も似たような間取りだ。

広く居心地の良さそうな居間は、ひんやりと冷たい空気に包まれていた。藤井家ほどではないが、比較的新しい家。高価な家具と、しゃれた調度品。羽振《はぶ》りの良さを顕著《けんちょ》に表している部屋だった。

江崎は、これをそろえるための金を、麻薬《まやく》から得ていたのだ。地下室から大量に見つかった麻薬は、ありとあらゆるものを扱《あつか》っていた。コカイン、ヘロイン、大麻《たいま》、幻覚剤《げんかくざい》、睡眠薬、覚《かく》醒剤《せいざい》——現在、そのルートを解明中ではあるが、彼自身、謎《なぞ》の多い人物だった。近所の人たちの話では、普段から仕事に出ている気配はなかったというが——。

書斎には、大量の辞書と地図が置いてあった。北京《ペキン》語、広東《カントン》語、ロシア語、フランス語、タイ語、カンボジア語——彼はいったい何カ国語を話すことができたのだろうか。地図も東南アジアや中東のものが多い。おそらくこれが彼の〝仕事〟の行き先だったのだろう。大麻やアヘンを栽培《さいばい》している現地の写真や、旅行の記録もあったというし。

気が進まなかったが、地下室に下りる。上が立派《りっぱ》なのに、ここはひどくぞんざいな造りだった。風通しが悪いのか、ほこりまみれでかび臭い。照明も薄暗く、部屋全体を照らす明かりがなかった。闇《やみ》の部分に何が隠れているのか、想像もしたくなかった。

奥へと進むと、コンクリートの床に血の染みがくっきりとついているのが遠くからでもわかった。もうこの染みは、二度と取れないだろう。

「こんな部屋で拷問だなんて……できすぎだわ」

うんと昔の怪奇《かいき》映画じゃあるまいし。

天井《てんじょう》の鴨居《かもい》には、太いロープがぶらさがったままになっていた。ここに江崎は吊され、切り刻まれたのだ。しかし、縛りつけ、ロープで吊し上げるのには、相当の体力が必要だろう。犯人は一人ではなかったのか？　けれど、現場検証では単独犯であろうと結論が出ている。

その謎は、部屋の隅《すみ》に置かれた工具類が入った箱の中をのぞいたときに解けた。中には、SMプレイ用の手錠《てじょう》やロープ、首輪やさるぐつわが入っていた。なるほど、地下室のこの雰囲気《ふんいき》も合点《がてん》がいく。

「……元々こういう趣味《しゅみ》だったわけね。だから、最初からあそこにロープが吊してあったと」

特定のパートナーはいたのだろうか。もちろんその線でも捜査はしているだろうが、プレイがエスカレートしての殺人とはとても思えない。だったらもっと身体に傷があってもいいはずだ。死体はナイフで切り刻まれているとはいえ、無駄な傷はなかった。藤井と同様、犯人は江崎の持つ情報を欲しがったのだ。しゃべらせることが目的なのだから、ダメージの度合いをコントロールして切ることを知っている人間に違いない。ただの快楽殺人《かいらく》なら、しゃべらせる必要などないのだ。

だが、江崎が口を割ったかどうかはわからない。藤井と江崎が持っている情報が同じものとも限らないわけだし。

二人をつなぐ糸は——やはり麻薬？　そう考えるのが自然だが、まだそれを確信するには至っていなかった。もっと何か……重要なものが隠れているのかもしれない。

地上に上がる階段の途中で、私は地下室を見下ろした。たった一人、こんなに暗く薄汚《うすぎたな》いところで死ぬ気持ちとはどんなものだろう。

私には無縁《むえん》の世界——そう思いたくてもできない自分に気づき、私は急いで明かりを消した。

Kojiro 2

外出をしたところで、行くあてもなく、俺は繁華街《はんかがい》であるセントラルアベニューの方向にぶらぶらと歩いていった。

もうこの街に住んでだいぶたつが、すみずみまで知っているつもりでも、実際思いもかけないことにも遭遇《そうぐう》した。俺の知らない場所もまだたくさんあるし、これからもできるだろう。それとともに、さまざまな事件が起こり、俺がかかわることだってある。

わからないことを知りたいと思う気持ちが、俺を救ってきたともいえるのだ。

俺は、とある雑居《ざっきょ》ビルの地下への階段を下りていく。ここにあるバーは、ちょっと変わったところだ。

静かにドアを開け、身体を滑《すべ》りこます。当然まだ店は開いていない。でも、常連客《じょうれんきゃく》にとっては、日の高いうちから飲める店だ。酒だけではなく、他にもいろいろ役に立つ。

薄暗いがよく見れば店内はなかなかしゃれている。木目《もくめ》のカウンターやテーブルは磨《みが》きこまれ、酒も充実しているから、夜になれば一般客でけっこう賑《にぎ》わう店なのだ。

俺がカウンターに座ろうとしたとき、見慣れない背中がこの店のオーナーでもあるバーテンと向き合っているのに気がついた。バーテンは、まるでみやげのケーキでも渡すように、一つの箱をその黒人の大男に手渡した。

「じゃあ、確かに」

「わかった。お前には迷惑《めいわく》はかけない」

短く英語で言葉を交わしたのち、男はスツールから滑り下りた。そのとき、一瞬だけ俺と目が合う。しかし表情も変えず、足早《あしばや》に店を出ていった。

相当いい体格をしていた。眼光《がんこう》も鋭《するど》い。どう見てもカタギではなさそうだ。それにあの箱ここのバーテンは、裏で情報を売り買いしている人間だ。当然、扱う商品はそれだけじゃないし、かなりの融通《ゆうずう》もきく。あの箱の中身だって、非合法なものである可能性は高い。銃か、ドラッグか、爆弾か——。

だが、そんなこと俺には関係ない。バーテンに訊いたところで本当のことは言わないはずだ。

「あ、天城さん。いらっしゃい」

「よお、久しぶり」

俺は、今まであの黒人の男がいた場所に座る。

「ここにいたの、見慣れなかったけど、新しい奴？」

「そうですよ」

「外国から流れてきたのか？」

「それはあたしにはよくわかりませんがね」

にやりと笑ってバーテンは答える。それ以上は訊くな、という合図だ。

「いつものでいいですか？」

「ああ、頼む」

バーボンのロックがさっと出てきた。俺は一口飲んでから、話題を変えてみた。

「最近、街の出入りはどうだ？」

「激《はげ》しいですよ。暴力団はおとなしいですけど。外国人が増えました」

暗にさっきみたいな奴が増えた、と言いたいのか？

「天城さんも気をつけたほうがいいですよ」

「俺が？　なんで？」

「こんな時間、なにも用がないのに、ここには来ないでしょう？」

「うーん……たまにはひまつぶしで来ることだってあるさ」

たまたま今日は、順序が逆になったってだけだ。たぶん、明日《あす》にもここへ来なければいけなくなるようなことが起こるような——そんな気がした。

「そうですか。それでも大歓迎ですけどね」

バーテンはにっこりと笑った。バーボンを飲み干し、俺は立ち上がった。

「じゃあまたな」

「毎度どうも。次にはなにか仕入れておきますよ」

「よろしく頼む」

まだ五時までにはたっぷり時間があった。

何も考えずに歩いていたつもりだったが、いつの間にか見慣れた建物の前にいた。

「ここは——」

弥生《やよい》のマンションの前だった。どうしてこんなところに。

桂木弥生《かつらぎやよい》——この街一番と言われる桂木探偵事務所の所長だ。俺もかつてはそこで働いていた。その頃、俺たちは恋人同士で、ここに二人で住んでいたが、ある事件をきっかけに別れた。当時所長だった弥生の父・源三郎《げんざぶろう》を、俺が警察に告発《こくはつ》したのだ。源三郎は逮捕《たいほ》されたが、その後、彼の本当の〝仕事〟を俺は知ることになる。

弥生は、父親が刑務所の火事で亡くなったと思っている。いや、彼は本当に死亡したのだが、弥生が思っているような死に方ではない。それはどうしても彼女には言えなかった。そんなわだかまりから、俺たちはよりを戻したり、別れたりをくり返しているのだろうか——。

「あっ！」

突然、背後《はいご》からすっとんきょうな大声が響いた。振り向くとそこには、背の高い赤毛の女が立っていた。

「小次郎！」

「なんだ、法条か」

法条まりな——派手《はで》な外見《がいけん》に似合わず、立派な公僕《こうぼく》である。弥生の学生時代の友人だ。

「なんだって……その挨拶《あいさつ》はないでしょう？　久しぶりに会ったっていうのにー。もしかして、私を訪ねてきたの？」

「どうして俺がお前を訪ねなきゃならないんだよ」

「まあ！　ここが私の家でもあるって忘れたの!?」

そうだっけ。

「別にお前に用があるわけじゃないからな」

「相変わらずひねくれてるわねえ。じゃあ、弥生に会いに来たのね」

そんなふうに言われると、返事がしにくい。

「いや、そういうわけじゃなくて……なんとなく……」

「ぐずぐず言ってると逮捕するわよ。逮捕できるわよ、今の私」

「あぁ、いや、そうです……って、仕事か？」

「まぁね」

「お前がこの街にいるってことは……相当物騒《ぶっそう》だな」

「なによ、失礼ねえ。人を爆弾《ばくだん》みたいに言わないでよ」

そのとおりなので、思わず笑ってしまう。法条は、相当気を悪くしたようだ。しかし、こいつとかかわって平穏《へいおん》だったことは一度もない。こんなところで会うなんて、まったくくされ縁としか思えないではないか。

「今日は仕事中だから勘弁《かんべん》してあげるわ」

「そんな悪いこと言ったおぼえはないけどな」

「最近どう？　相変わらず浮気調査とかペット捜《さが》しをしてるの？」

今度は俺がむっとする番だった。

「言っとくけど、妙な事件とかあっても首突っ込まないようにしなさいよ」

「なにかあるのか？　まあ、お前がいるんだから、ないわけないよな」

「私と関係あってもなくても、深入りするなってことよ」

「なんでお前からそんなこと言われなくちゃならないんだ？」

「弥生なら、事務所にいると思うけどね。今朝出かけるときに会ったけど、疲れてるみたいだったわよ」

　また言葉に詰まる。人を絶句《ぜっく》させるのが本当にうまい女だ。

「早く行きなさいよ」

「言われなくたって行くよ」

　勢いで言ってしまった手前《てまえ》、行かないわけにはいかなくなった。

　オフィス街のはずれにある桂木探偵事務所は、所員が出払っているのか、とても静かだった。鍵が開いているから、誰もいないはずはない。俺は部屋を横切り、所長室のドアを叩いた。

「どうぞ」

　中から弥生の声が聞こえた。少し躊躇《ちゅうちょ》したのち、俺はドアを開けた。同時に弥生が振り向く。

　俺たちはしばらく無言のままだった。

弥生の机の上にはたくさんの書類と、吸殻があふれた灰皿があった。彼女の悪癖《あくへき》は、まだ続いているらしい。煙草《たばこ》の量が、また増えてやしないか？

「よう、久しぶり」

俺は、努めて明るく挨拶をした。

「あ、小次郎……久しぶり……」

弥生は、俺につられたように返事をしたが、

「こんなところまで、勝手に入ってきて！」

はっとしたようにそう言った。

「事務所に誰もいなかったからさ」

「あ……」

「みんな外回りにでも出たのか？」

弥生はうなずく。

「不用心だから、誰もいないときは事務所のほうにいろよ」

「わかってるよ、そんなこと。朝からずっとここに詰めて、仕事をしてたから……」

「そうか。忙《いそが》しいところに邪魔したみたいだな」

何も言わない弥生を見つめ続けるのは、苦痛《くつう》だった。

「仕事、続けてくれ」

「小次郎……！」

俺が部屋を出ようとしたとき、弥生が声をあげた。

「せっかく来たんだから……コーヒーでも飲んでかないか？」

「いいのか？」

「う、うん……ひと休みしようと思ってたから。小次郎こそ、忙しいんじゃないのか？」

「俺か？　俺んところは開店休業状態みたいなもんだな」

「そ、そうか……」

弥生はぎこちなく立ち上がると、カップを用意し、俺にコーヒーを注いでくれた。俺の好みからいうと、少し濃かったが、寝不足の頭にはちょうどよかった。

しかし……勢いで来てしまったことに、俺は少し後悔をしていた。何だか未練《みれん》がましいことをしている気がする。こうやって話すことが見つからないというのに――。

「なんだか元気ないな、小次郎」

弥生がようやく口を開いた。

「そうかな……単なる寝不足だと思うけど。実は徹夜明けなんだ」

「えっ、バカ、じゃあ帰ってちゃんと寝ろよ」

弥生は女っぽい容貌《ようぼう》にもかかわらず、口調は男のようだ。人によってはぞんざいに、冷たく感じる者もいるかもしれないが――。

「こんなところに来るヒマなんか、ないはずだろ！　身体が資本なんだから――」

「身体が資本なのは、どの商売も一緒だよ。なんでそんなに怒るんだ？」

「いや、ただ……ただ、小次郎の身体を心配しただけだよ。いいじゃないか、それくらい」

「そうだな。ありがとう」

「なんなら、ここで仮眠をとってもいいんだぞ」

これは……誘《さそ》っているのだろうか？

「いや、このあとクライアントに会いに行くんだ」

「なんだよ、そっちも大忙しじゃないか」

「たまたまだよ。それに、話を訊きに行くだけだ」

「そうか……忙しいのか……」

弥生は、なぜか考えこむ。

「どうした？」

「ん……いや、ちょっと……けど、いい」

「言いかけてやめるなんて、気になるな」

「いや、その……小次郎が、いつかここに戻ってくることはないのか、と思ってな」

弥生は思い切ったように言った。

「経営、大変なのか？」

　この場合の経営とは、金銭的なことではなく、人の上に立つ立場として、ということだ。弥生もそれは理解したらしい。

「……桂木探偵事務所という看板は思ったよりも重いんだ……。同じ桂木という姓をもらっている自分が恥ずかしくなってくるよ」

「俺にできることがあったら、なんでも言ってくれ。協力するから」

「バカ。そんなこと易々《やすやす》と言うな」

「易々なんて言ってるもんか。弥生だから言ってるんだ。相変わらず俺は暇人《ひまじん》だしな」

「目に隈《くま》つくってる人間がよく言うよ。でも……その言葉に乗せられてしまいそうだ」

　コーヒーはすっかり冷めていた。

「いいのか？　こんなに長話をしていて」

「ん？　ああ、そうだな。まだもうちょっと時間があるけど、長居をするのも迷惑だからな」

「私のほうはかまわないが……」

　そう言われると甘えてしまいそうで……俺はあわててそんな気持ちを追い払う。

「いや、早めに行くことにする。なにかあったら、必ず連絡しろよ」

「う、うん。また来てくれ」

「弥生がそう言ってくれるなら」

「大歓迎だ……いつでも」

弥生に、ようやく笑顔が戻った。

Marina 3

内調に戻っても、ユカはぐったりとして、元気がなかった。ソファーに寝そべったまま、動かない。眠っているのかと思ったが、そうではないらしい。

今日はもう家に連れ帰って、休ませよう。明日は学校に行かせるつもりだから、一人にならないぶん、そのほうが安全だろう。

「藤井氏の会社ってなんていうんだっけ?」

甲野と明日の予定を確認する。

「F&D通商だよ。もう忘れたのかね、まりなくん」

「でも、まだ資料にも目を通していないし」

「それは、杏子くんが持ってくることになってるんだけど……まだ来ないな」

「まったく、あののほほんさは全然変わらないのね」

杏子は数年前、この内調の捜査官になってすぐのとき、細菌ウィルスが全世界にばらまかれる事件に携《たずさ》わった。何の経験もなかった杏子は、必死にその事件を追い、ついにワクチンを発見したのだ。

だが、その経験が強烈すぎたのか、しばらく現場から離れることになってしまった。厳しく教えこみ、自慢《じまん》の秘蔵《ひぞう》っ子だと私は思っていたのだが、いまだ精神的なタフさを身につけるまでには至っていない。

「けど、近々退職するんだ、彼女」

「あら？　ついに自分の限界に気づいたの？」

「違う。結婚するんだよ。寿《ことぶき》退社」

「ええー!?」

私の大声に、ユカもびっくりして身体を起こした。

「なんですってぇー!!」

「そ、そんな鬼のような顔をしなくたって……」

「しないでいられますか！　相手は誰なの？　誰!?」

「うう……ほら、あの雄二《ゆうじ》くんって——」

「ああ、あの子。ならいいわ」

一緒にワクチンを発見した当時高校生だった男の子だ。

「どうしてそんな急にテンションが下がるんだよ、まりなくん」

「あの子だったらお似合いよ」

くやしいけれど、これは本音《ほんね》だった。歳《とし》は杏子よりも若いが、ずいぶんしっかりしているはずだ。あの事件だって、杏子だけだったら絶対に解決していない。

「まりなくんも、そろそろ考えないとじゃないの？」

「イヤミよねえ、本部長……」

「いや、本気で心配してるんだけど」

「最近、なかなか本気になれなくてねえ」

最近というより、ここ何年かはずっとそうだ。相手自体もそうだが、杏子のように素直な思い切り自体が元々ないせいもある。

「遅くなりましたー！」

噂《うわさ》をすれば何とやらで、杏子がやってきた。

「遅ーい！」

「まりな先輩《せんぱい》、お疲れさまですー」

全然ひるむ様子がない。しかし、突っ込んでいるヒマはなかった。彼女が持ってきたF＆D通商の資料に目を通さねば。

しかし、公開されている情報なので、不審な点は見つからない。経営者は藤井だけでなく、デビッド・ジョーンズという男がいるので、彼に話を聞くのが手っ取り早いだろう。そこから江崎と藤井の関係が見えてくればめっけものだ。

「いろいろ見てみて、どう思ったかね、まりなくん」

「そうね——藤井氏と江崎を狙ったのは、一人ではないかもしれない。被害者の家が物色されていないから、犯人はなにか情報を探している。犯人は外国人である可能性が高い。江崎の麻薬の仕入先がロシア、中国、中東あたりだし、藤井氏のF&D通商にしても、商社だから、外国から物を仕入れているわよね。職業柄、関係があってもおかしくないわよ」

甲野はうなずきながら聞き入っている。

「外国が絡んでいるのなら、計画した者と実行犯とは別の可能性も高いわ。拷問をするなら、日本語がしゃべれないと、と思ったけど、藤井氏も江崎も、たぶん、英語はもちろんそれ以外の語学にも堪能《たんのう》だったみたいだし」

複雑な事件のようだった。単純な事件であれば、ユカの悲しみが早く癒《い》えるわけではないけれど。

「杏子、江崎と藤井さんの渡航記録を調べて。江崎は偽造《ぎぞう》パスポートで入国してる場合もあるだろうけど、警察に押収《おうしゅう》した写真の撮影場所から特定するのよ」

「はい、わかりました。じゃあ、私、本庁に戻りますね」

「あっ、ちょっと待った！　杏子、聞いてない？　ユカちゃんちで発砲事件があったのよ」

「えーっ、聞いてませんー」

「ダメねえ。明日ちゃんと報告しなさい。資料そろえて持ってくるのよ」

「すみません……」

反省しているようだが、いまいち堪《こた》えてないように見えるのは、気のせいなのか？

「ユカちゃん、そろそろ私たちも帰りましょう」

ユカがのろのろとソファーから身を起こす。

「はい……」

「あ、お送りしますー」

「ええー、あんたの運転？」

「ひどい、まりな先輩！　運転くらいできますよー」

幸せそうな杏子の隣《となり》に立つと、憔悴《しょうすい》しきっているユカがより哀《あわ》れに見えた。肩のバッグがひときわ重たそうなので持ってあげようとしたが、

「自分で持てます」

と手を振り払う。今夜からのこと、先が思いやられる——私はため息をついた。

Kojiro 3

オフィス街の中でも特に古びたビルが、安藤商事だった。

しかし、決して悪い意味ではない。周りの新しいビルよりも、よっぽど風情《ふぜい》があった。レトロで凝《こ》ったデザインは年代とともに、存在感《そんざいかん》を感じさせる。

少し圧倒された俺は、我に帰って時計を見る。午後五時五分前。完璧だ。

磨きこまれた古い大理石の受付で、栗栖野亜美の名前を出すと、

「社長室にどうぞ。七階です」

とあっさり通された。

社長室の前でノックをしようとしたとき、突然中から大声が聞こえてきた。

「俺を裏切ろうっていうのか⁉」

英語だった。かなり興奮《こうふん》しているらしい。

「裏切る？　とんでもない。これはお前の不始末《ふしまつ》だろう？　なぜ私がその尻拭《しりぬぐ》いをしなきゃいかんのだ？」

別の男の声が聞こえる。こっちは落ち着いていた。

「さんざ儲《もう》けさせてやったのに……それをこの仕打ちか⁉」

「そのぶん、金は払った。いいか、ジョーンズ。これはビジネスなんだぞ。自分の尻拭いは自分ですべきなんだよ」

「くそっ！」

机を叩くような音が聞こえる。

「わかったよ、もう、お前には頼まん。だけどいいか、後悔するなよ？」

「後悔？」

「あとで吠え面《ほえづら》かいても、なんの手助けもしてやらねえからな」

「自分の後始末《あとしまつ》くらい、自分でできるさ。それに、今のままでは先にくたばるのはお前のほうだぞ」

「いい気になりやがって……憶《おぼ》えてろよ！」

いきなり目の前のドアが開いた。真っ赤に顔を染めた白人男と鉢合《はちあ》わせをする。

「なんだ、お前。どけっ」

今度は英語ではなく流暢《りゅうちょう》な日本語で男が言った。俺が脇にどくと、男は部屋の中をにらみつけて、廊下《ろうか》を足早に去っていった。とっさに日本語が出てくるとは——滞在《たいざい》がかなり長いのか。

「天城さん？」

社長室のドアから、栗栖野亜美が顔を出した。

「よう、今朝はどうも」

「見苦しいところをお見せしたわ。どうぞ」

社長室は、ビルの外見と同様、重厚で古びていた。広い机には、恰幅《かっぷく》のいい男が座って、俺を見ている。

「天城小次郎くんだね？」

「ああ。なんだか取り込み中に来ちまったみたいだな」

「こちらこそお待たせしてすまなかったね」

「気にはしないさ。こういうのには慣れてる」

「それは心強い」

男はニヤリと笑った。自分よりもだいぶ年下の男がぞんざいな口をきいていても、気にしているそぶりもない。

「よろしく。私が安藤だ」

安藤は立ち上がり、手を差しだした。俺はその手を握《にぎ》る。固く、温かい手だった。

「天城小次郎だ。初めまして」

「それから、今朝会ったとは思うが、改めて——」

亜美が一歩前に進み出ると、頭を下げた。

「栗栖野亜美です」

机の前のソファーをすすめられ、俺は腰掛ける。俺の前に安藤が、その横に亜美が座った。

「さて、さっそくだが、仕事の話だ。一応栗栖野から話は伝わっているとは思うが」

「ボディガードって話だけど、その前に、訊きたいことが二つある」

「なんだね？」

「まず、なんで俺に仕事を？　どこから俺の事務所を見つけたんだ？　もう一つは、どうして命を狙われる羽目《はめ》になったのか。この二点だ」

安藤も亜美もしばらく黙《だま》ったままだったが、やがて安藤が口を開いた。

「一つ目の質問は、さる人物から君の事務所を紹介されてね。いや、正確には君自身を紹介されたと言ったほうが正しいな」

「俺を？」

「そうだ」

「誰だ、そいつは？」

「君もよく知っている人物だとは思うがね。だが、本人の希望で、ここから先は言えない」

今度は俺が黙るしかなかった。

「二つ目は、すべてを説明することはできないが、取引上のトラブルというやつでね」

「さっきの外人と揉めてた件か」

「あんなのはトラブルのうちに入らんよ。それに、奴は金を借りに来ただけだ」

「それを断ったんだろう？　あとがない人間は、なにをするかわからないぜ」

「確かにな。だが、今回の件とは関係ないんだ」

「……釈然《しゃくぜん》としないな」

「当然だろう？　釈然としていれば、なにも君の力を借りなくてもすむからね」

それは確かに。

「なにも四六時中ついていてくれとは言わない。ガードしてほしいのは、私が自宅にいるとき

「プライベートのときにガードしろと？」

「そうだ。幸いこのビルは見かけよりもずっとセキュリティがしっかりしている。会社の行き来には専門のボディガードをつける」

「じゃあ、家でもそうすればいいじゃないか」

「そういうわけにはいかん。私室《ししつ》に他人が、しかも大勢が歩き回るのは気分のいいものではないしな。唯一落ち着ける場所が我が家《わがや》なんだ」

「あんたが信頼してる人間から紹介された俺は、自宅に招き入れても信用に足ると」

「そのとおりだ」

どうも腑《ふ》に落ちなかった。

「今の話で、質問がもう一つある」

「なんだ？」

「この建物を簡単に見た限り、決してセキュリティに気を配っているとは言い難い。命を狙われてるって感じには見えないぜ。窓だってカーテンもしていないし、これじゃあ外から丸見えだ」

「確かに私はボディガードをしてくれと頼んだが、命を狙われているとは言ってない」

「なんだって？」

「私を狙っている者は、私自身を必要としている。それが、奴らの目的だからな」

「ということは、殺すのではなく、あんたを誘拐《ゆうかい》したいってことか?」

「そうなるだろうな。逆に言えば、命の保証はされている」

「大した自信だな」

安藤は不敵《ふてき》に笑った。

「期間は一週間。それでケリがつく。報酬は七百万だ。その他になにかあった場合は、危険手当として追加を支払おう」

「数字は悪くないな。もっともあんたが無事に一週間を過ごせたら、それ以上の儲けがありそうだがな」

「ボディガードの相場は五千ドルと言われていてな、一日百万は破格《はかく》だと思うがね」

「あんたの命は保証されていても、こっちの命は保証されてない」

「では、終わってから再度報酬は検討しよう。それでどうだ?」

まだ不安はあったが、好奇心のほうが先にたった。退屈《たいくつ》な依頼を受け続けるくらいなら、これくらいの危険のほうがずっとましに思える。

「わかった。引き受けよう」

「話は決まったな。感謝するよ、天城くん。さっそくだが今夜、我が家へ来てくれたまえ。このあと栗栖野に送らせよう」

「あんたはどうするんだ」

「私はまだ仕事が残っている。そうだな、今夜は九時頃戻ることになるだろう。私が戻るまでに、家の中のことやこの会社のことなどを栗栖野から聞いておいてくれたまえ」

「秘書がいなくて大丈夫なのか？」

「君がそんなことを気にしなくてもいいよ」

亜美に促《うなが》され、俺は社長室を出た。


「来てくれたこと、感謝するわ」

「そんなことぐらいで礼を言われても困るな。礼はあんたの社長を守りきってからだ」

「あら、ずいぶん謙遜《けんそん》するじゃない？」

「ボディガードなんて、やったことないからな」

「簡単よ。社長の弾《たま》よけになればいいんですもの」

「冗談《じょうだん》言うな。男のためになんか死にたくないぜ」

会社の玄関で少し待っていると、亜美が車を回してきた。亜美が——というより、社長の秘書が乗る車のイメージとはほど遠い、かわいらしい車だった。

「いつもこの車で出勤《しゅっきん》しているのか？」

乗りこみながら、たずねる。

「ええ、そうね。社長が狙われ始めてからは、別々に出勤しているわ」

「別々？」

「安藤とは同じ家に住んでいるのよ」

「ふーん……」

「今、変な想像したわね？」

「いろいろとね」

しないほうがおかしい。

「そんなはっきり答えなくていいでしょ？」

「嘘は嫌いなんでね」

亜美の運転はとても慎重《しんちょう》だった。少しいらいらするくらい。

「この会社の秘書は長いのか？」

「六年になるかしらね」

「そのときからずっとあの社長の秘書を？」

「そうね」

いったい彼女はいくつなんだろうか。どう見ても二十代半ばくらいにしか見えないが——。

「おっと、次の信号を左だ」

「なぜ？」

「いったん事務所に戻ってくれ。助手に仕事を任せたきりなんだ。帰って俺の予定を伝えないといけないしな」

「電話ではダメなの？」

「ああ、受け取りたいものもあるし」

「わかったわ。でも、手短《てみじか》にね」

事務所に帰ると、氷室が驚いた顔をした。

「お帰り、小次郎……あら？」

「こんにちは」

「今回のクライアントの秘書さんだ。こっちは俺の助手の氷室」

「栗栖野です。はじめまして」

「は、はじめまして……」

と言ってすぐ、俺の耳をつかんでひっぱった。奥に連れていかれる。

「誰よ、あの美人！」

「だから言ったろう。クライアントである安藤左衛門の秘書さ」

「ふーん。さっきの香水の香りは、あの人ね？」

よく憶えてるものだ、と感心はするが、それには触れずに、

「で、今回の仕事だが、今夜からすぐに仕事を始めることになった」

「え、ずいぶん急じゃない！　だいたい小次郎、ほとんど寝てないでしょ？」

「状況が状況だから、しょうがないさ。仕事はごく簡単なもので、基本的には夜の間だけだ。明日の午前中には戻る。もし資料ができていたら、受け取りたかったんだが――」

「それがまだなの。断片的《だんぺんてき》にしかわからなくて、本格的には調べていないのよ」

少し残念だったが、

「ま、そんなに急ぐ必要はないさ。明日の朝までにわかればな。成果があがったら適当に切り上げてくれ」

「はいはいわかってます！　そんなこと言いにわざわざ戻ってきたの？　すぐに仕事があるなら、電話でもいいじゃない」

「いや、そしたら余計に怒ると思ったんだが……」

「怒るもんですか」

何で怒っているのか、よくわからない女だ。

「まあ落ち着けよ、氷室。今回の仕事はかなり破格なんだ」

「どれくらいよ」

「一日で百万円」

「嘘！」

声のテンションが急に上がった。

「ボーナスだって出せるぜ」

「んもう、そういうことならそうと早く言ってくればいいのに！」

今度は俺の腕をひっぱって、栗栖野の元に駆《か》けつける。

「栗栖野さん、ごめんなさいね。お時間とらして（がんばって稼《かせ》いできてね）」

彼女に聞こえないように耳打ちをする。

「女ってのは現金だよなあ……」

「いってらっしゃーい！」

栗栖野が、きょとんとして俺たちを見ていた。

Marina 4

家に帰ってもユカはぐったりとうなだれたままで、食事もほとんどとらなかった。

「ユカちゃん、お風呂に入れば？」

私の言葉にも耳を貸さない。

「ユカちゃん！」

私は、彼女の耳元で怒鳴《どな》ってみた。さすがにユカはびくっと反応し、私をまじまじと見つめる。

「ユカちゃんに訊き忘れたことがあったの」

ユカは怯《おび》えたような表情になる。もう質問はうんざりだろうが、そうはいかなかった。

「お父さんの会社に警察が来たことはなかった？」

「……お父さんがなにか悪いことをしてたってことですか？」

しゃべらないかと思ったが、そうではなかった。挑《いど》むような口調だ。

「極端《きょくたん》に言えばそうなるわね。もしくは協力させられていたとか」

ユカの表情が微妙《びみょう》に変わったが、そこから何かを読みとることはできない。

「憶えてない？」

「憶えてないです……。たぶん、そんなことなかったと思います。お母さんも、なにも言ってなかったし……」

「そう……変なこと聞いてごめんなさい」

「いえ。もし本当に殺される理由があるのだとしたら……きっとなにかあったんでしょうから」

ユカはぷいと横を向いたが、今にも泣きそうな顔をしていた。

「ユカちゃん、元気出しなさい」

「なんでそんなこと言うの!? 出せるわけないじゃない！」

ついに爆発《ばくはつ》をしたのか、ユカは大粒の涙《なみだ》をこぼしながら叫んだ。

「それでも笑うのよ、ユカちゃん」

「どうしてよ……？」

「いい、よく聞いて。私はね、ご両親はきっと、見た目よりもずっとずっと大きな事件に巻きこまれたと思うの」

「大きい……事件？」

「ええ。猟奇《りょうき》殺人とか突発的な愉快《ゆかい》殺人とかそんなんじゃなくてね。この事件は氷山《ひょうざん》の一角のようなものなのかもしれないの。そして、それを証明するためには糸口が必要だわ」

「糸口？」

「そう、糸口。そしてそれはね、ユカちゃん、あなたが生きていること」

「え？」

「ユカちゃんが生き延びたこと。あの現場に生存者がいたっていうことは、すごく私たちの励《はげ》みになるし、大きな情報の糸口になるのよ」

「あたし……なにも憶えてない……」

「でも、犯人は憶えてる。あそこで起きたすべてを。おそらく、あなたのことも」

「犯人が憶えてたって意味ないじゃない。だって、その犯人を捕まえるんでしょ？」

「あら、そんなみみっちい。犯人だけじゃなくて、この事件すべてをね、捕まえるのよ」

「どういうこと……？」

「犯行現場に生存者がいる。たとえわざと殺さなかったとしても、それは絶対に犯人の心の中になにかしらのひっかかりとして残ってるわ」

「あ……」

「ユカちゃんが生きていること。そしてユカちゃんが元気であればあるほど、犯人に影響《えいきょう》を与えることになる」

ユカは考えこんでいるようだった。涙はもう消えている。

「だから、恐怖心や自暴自棄《じぼうじき》な感情は、捨ててほしいのよ」

「……はい」

悩んだ末に、ついにユカは返事をした。

「まだまだつらい時間が続くと思うけど、銃で狙われたくらいで落ちこんでたら、相手の思う壺《つぼ》よ」

ユカはこくんとうなずいた。

「あの……」

「なに？」

ユカは何か言いたそうに口を開いたが、またぎゅっと結んでしまう。

「お風呂、入ります……」

「そうね。そうしなさい。それで、よーく眠るのよ」

「まりなさん……一緒に寝てくれませんか?」

「え?」

「一人で寝るのはもう……怖くて……」

「いいわよ」

「それから……寝るとき、枕元にこれ、置いてもいい?」

ユカは、家から持ってきたフォトスタンドを見せた。三人そろって微笑んでいる写真だ。

「これがあると、安心するの……お父さんが、『持ってると、お護《まも》りになる』っていつも言ってたし……」

「いいわよ」

ユカはにっこり笑って、ベッドサイドにフォトスタンドを置いた。

Kojiro 4

安藤の家は、会社同様、古いものだったが、立派な豪邸だった。建てた時期はわからないが、今でも充分モダンで、造りがしっかりしている。

窓には、鉄格子《てつごうし》がはまっていた。

「鉄格子がはまってるのは?」

「ああ。この家を買ったとき、窓が老朽化《ろうきゆうか》してたんで、はめてもらったの。どの窓もそうなってるわ」

まるで病院のようにも見えて、少し不気味なたたずまいだった。

「ひととおり案内しておくわ。娘たちも紹介するから」

「子供がいるのか？」

「ええ。安藤の双子《ふたご》の娘よ」

護るのは安藤一人、という約束ではあったが、子供がいるとなると、少しやっかいだ。

「あんたとの？」

「違うわ」

亜美はあっさり否定する。はりあいがない。

玄関に入ると、大きなホールと二階への階段が見えた。吹き抜けになっているので、二階の様子もわかる。

「お茶でも飲む？」

「いや、それよりも家の中を案内してくれ」

「仕事熱心ね。一階には、安藤の書斎と寝室、台所と食堂と居間があるわ。どこから案内しましょうか？」

「どういう間取りになってるんだ？」

「玄関とＬＤＫはつながっているの。安藤の寝室と書斎は奥。真ん中にお風呂やトイレがあって、居間と仕切っている感じね。二階はここからドアが見えるから、監視《かんし》しやすいでしょ？」

「裏から安藤の寝室なんかに入れるのか？」

「いいえ。窓だけね。台所に勝手口があるけど、やっぱり古くて不用心《ぶようじん》だからそれも窓と同様にふさいでしまったの」

鉄格子がはまっているから——と油断《ゆだん》はできないが……。

「じゃあ、居間から案内しましょうか」

趣味のいい革のソファーセットが置かれた落ち着いたリビングだった。すっきりと片づき、無駄なものは一つもない。

「家政婦とか通ってきたりするのか？」

「いいえ。掃除も料理も私がやってるの」

「秘書なのに？」

「そういう契約なのよ」

「安藤のすべてに関して、あんたが世話してるみたいだな？」

「そうね。別にすべてってわけじゃないけど、そう思われても仕方ないわね」

俺の皮肉《ひにく》をさらりとかわした。

「前は人を雇《やと》ってたけど……事故で亡くなってから、私がずっとやってるの」

「経費削減か？」

「安藤は、赤の他人に家に入られるのがいやみたいよ」

「俺への依頼のときも、似たようなこと言ってたな。そういえば、あんたは安藤に俺を紹介した奴って知らないのか？」

「残念だけど、私は聞いてないわ」

居間から台所、そしてダイニングに移動する。三部屋はすべてつながっていた。

「アメリカの家庭みたいな台所だな」

オーブンや食器乾燥機まで、すべて組み込まれていた。鍋やフライパン、調理器具も作業台の上にきちんとまとめられている。

「そんなに広くないけど、使いやすいわよ。動線《どうせん》も合理的だし」

「使いやすいとか動線とか言われても、ピンとこないな」

「あなた、料理とかしないの？」

「しないなあ。助手の奴もからっきしだし」

「じゃあ、腕のいい奥さんをもらわないとね」

弥生なら、こんな台所を喜ぶんだろうか。

ダイニングは、台所よりも広かった。食事スペースというより、一つの部屋だ。真っ白なテーブルクロスがかかった大きなテーブルが無造作に置かれていた。

柱も窓も磨き込まれていて、何も他には置いていなかったが、シンプルでシックだった。LDKはもしかしたら、亜美の趣味でまとめられているのかもしれない。

三部屋とも窓はあるが、道路からは前庭の植え込みにさえぎられている。塀《へい》も高いし、門も頑丈《がんじょう》だ。安藤を狙うとしたら、やはり裏庭のほうからか――。

「じゃあ、安藤の書斎と寝室を案内するわ」

書斎と寝室は、ドアは別々だが、中でつながっていた。書斎には大きな机と本棚、小さな応接セットがあり、どっしりとした雰囲気だった。使いこまれているという印象《いんしょう》を受ける。その反対に寝室は、わずかなクロゼットとベッドがあるのみで、本当に眠るためにしか使われていないのではないか、と思われた。

書斎の壁には大きな額があり、パイプが七本飾ってあった。これはウィークパイプというやつだ。お気に入りのパイプをこうやって飾り、曜日ごとに使うものを決める。なかなか渋い趣味である。本当にやっている人間を初めて見た。他にもライカやらチュードルやら――贅沢で古いものがたくさん置いてあった。うらやましい。

裏庭に行ってみる。塀際には木々が並んでいるが、あとは芝生《しばふ》だけで、だだっ広いだけだった。ガレージも見える。キャンプでもできそうなくらい広いのに、ほとんど人が入った気配がなかった。

「広いな……」

「犬でも放しとけばいいのに」

「世話しきれないわよ」

「まあな。訓練するのも大変だし」

裏庭から侵入して、姿を潜《ひそ》ませるとすれば——やはりあのガレージか。

「ガレージを見せてくれ」

「あの中には、安藤のコレクションが入ってるわ」

亜美が鍵を開けて、手動《しゅどう》でシャッターを開く。ガレージの中には、フェラーリとアルファロメオが停《と》めてあった。

「ほーっ」

思わず感嘆《かんたん》の声が出た。

「すごいな、こりゃ……」

「そうなの？　めったに乗らないけど」

「えっ、そうなのか？　こんなによく手入れされてるのに……」

もったいない。

「あんたの社長は趣味が多いな」

「そうかもね。趣味の話を始めると長いもの。捕まらないようにしたほうがいいかもよ」

亜美にはこの価値がさっぱり理解できないようだった。

「じゃあ、今度は二階に行きましょうか」

玄関まで戻り、階段を上った。手前の部屋を、亜美がノックしてから開ける。

「ただいま」

「あ、お帰りなさーい、亜美」

「お帰り……」

中学生くらいの少女が二人、ドアのほうを向いた。長い髪の子は、亜美に飛びつくが、お団《だん》子《ご》に結《ゆ》っている少女は、俺の姿を見て顔をしかめた。

「紹介するわ。安藤の娘で、双子の美佳《みか》と美紀《みき》よ」

「亜美……誰なの、この人?」

顔をしかめた少女は、固い口調で質問をする。

「天城小次郎だ。はじめまして」

「髪をおろしてるほうが姉の美佳。結ってるほうが妹の美紀よ。二人とも、今日からこの家をガードしてくれることになった天城さんよ。仲良くしてね」

「うん、よろしくねー」

美佳は無邪気《むじゃき》に応えるが、美紀はしかめっ面《つら》のまま、

「ふーん」

とつぶやいただけだった。

部屋は机や本棚、クロゼットなどが左右対称に置かれている。あとはぬいぐるみや人形、女の子らしい色合いの雑貨などが、あちこちに置かれているが、あまり物が多くないので、散らかっている印象はない。

「あのドアは?」

「ああ、安藤の部屋と同じよ。寝室につながっているの」

寝室には、ベッドが二つ置かれていた。他には何もない。素っ気《そけ》ない部屋だった。だが、バスルームまでついているという。

「子供部屋とは思えないな」

「ちゃんと掃除しているもの」

「いや、そういうことじゃなくて……」

何だかホテルのように整っていて、生活感というか、家としての匂《にお》いや、双子たちの性格や気質《きしつ》などを見るものがないというか……。いくら広くても、これでは住んでいてもあまり楽しくないのではないだろうか。

「じゃあ、下に行きましょう」

「じゃあねー、ばいばい」

美佳が笑顔で手を振る。美紀はつんと後ろを向いた。双子なのに、かなり対照的だ。見たところ一卵性だが、二卵性なのかもしれない。

「あんたの部屋は？」

通り過ぎようとした亜美を呼び止める。

「私の部屋？　なにもないわよ」

「でも、一応見せてくれ」

拒むかと思ったが、素直に亜美はドアを開ける。双子の部屋以上に素っ気ない部屋だった。

ベッドとクロゼット、ドレッサー。それだけ。

「なにもないでしょ？」

安藤の部屋が安藤という男を表しているとするならば……この亜美の部屋に、亜美はいなかった。双子の部屋もそうだ。男と女の違いなのか？

「ずいぶんと変わった双子だな」

あれだけの印象で判断を下すわけにもいかないが、美佳は幼児《ようじ》のようだし、反対に美紀は猜《さい》疑心《ぎしん》の塊《かたまり》のように見える。

「ごめんなさい。通ってた学校や育て方にいろいろ複雑な事情があって」

「母親は？」

「いないわ」

離婚か死別かたずねようと思ったが、あまり詮索《せんさく》するのも悪い気がする。

「しかも親父《おやじ》は仕事で多忙、ほとんど相手はしてあげてない。学校でいじめにあったとか？」

「その辺は察してちょうだい。ただ、仕事の邪魔にならないよう、二人にはちゃんと言い聞かせるから」

仕事に支障《ししょう》がなければ、俺には関係ないことだ。

「これで、家の中を全部案内したわ」

「地下室とかはないんだな」

「ええ」

「わかった。どう見回って、どう守るかは俺のほうで考える。もし協力してほしいことがあったら、あとで伝えるよ」

「お願いね」

広い家だから、一人でガードするのは骨が折れるが、あとは頭でカバーするしかない。

安藤は、言ったとおりに九時頃戻ってきた。

「来てくれていたか」

彼は居間にも食堂にも寄らず、まっすぐ自室に入っていった。持ち帰りの仕事でもあるのだろうか。

「当然だろ？　仕事を引き受けたんだ」

「どうだ？　家の中を見て回るくらいはしたかね？」

「ああ、古い家だが造りは頑丈だな。だが広くて、進入路を網羅《もうら》するのが難しい」

「窓には補強のための鉄格子がはめてあるから、そこから侵入することはほとんどないと思うんだが」

「そう願いたいところだな。だが、あんたを狙っているのがどんな奴だかわからない。ぶっちゃけた話、重機で乗りこんでこられたりしたら、そんな鉄格子なんか役に立たないだろうさ」

安藤は面白《おもしろ》そうに笑った。

「ま、極端な話だけどな」

「娘たちには会ったかね？」

「ああ、なんか浮世《うきよ》離《ばな》れしてたが……」

「君もはっきり言うな……。でも、そのとおりだ。恥《は》ずかしい話だが、娘たちの一番かまってやらなければならないときに、私が仕事一辺倒《いっぺんとう》に過ごしてしまったからな」

安藤は申し訳なさそうに言った。

「まあ、俺はあんたの仕事のボディガードだ。あんたの家庭をとやかく言うつもりはないさ」

「扱いにくい娘たちであることは確かだが、邪険《じゃけん》にはしないでほしい」

「子供は苦手なほうなんだが、気をつけるよ」

「よろしく頼む。さて、それじゃあ――」

安藤は机の引き出しを開けて、何かを取りだした。

「君にはこれを渡しておこう」

俺の目の前に、黒光りする物体が重々しく置かれた。

「こ、こいつは……」

「サブマシンガン……とでも言えばいいかね。手にとってよく見たまえ」

俺はおそるおそる持ち上げた。重い――しかし、思ったほどではなかった。サブマシンガンにしてはかなり小さく、ハンドガンにしては少し大きいくらいだった。

「フルオートだ……」

「ステアー社のＴＭＰだ。携帯性《けいたいせい》を高めるためにフォアグリップをはずしてある」

「こんなものをどうやって手に入れたんだ？」

普通市場に出回る場合、だいたい三発で連射が止まるようになっているのだ。フルオートでの連射ができるものは、特殊部隊などしか手にできない。

「貿易業をやるにはな、それなりにいろいろな場所に食いこんでいかなければならないんだよ。ま、入手《にゅうしゅ》ルートなんてどうでもいい。今回の仕事とは関係ないからな。これを君に渡すのは他でもない。つまり、遠慮《えんりょ》なく敵は殺していいということだ」

「……冗談じゃないぜ」

「冗談でこんな御禁制《ごきんせい》のブツを君に渡すと思うかね？」

安藤の目は笑っていない。

「それとも一つ。それぐらいのものを持たなければいけないほど、相手は強力だということだ。君には危機感を持ってもらいたい」

「なるほど、敵が脅威《きょうい》なのはよくわかった。だが、俺には俺のやり方というものがある」

安藤は面白そうに笑ったが、すぐに厳しい顔になる。

「それは私とて同じだよ、天城くん」

丸腰《まるごし》でいたら死ぬ、と言っているわけだ。

「躊躇はいらない。私や、自分の身の危険を感じたら、遠慮なく引き金をひきたまえ。平和ボケした日本では大げさに見えるかもしれないが、外国ではこれが逆に当たり前なのだよ」

「あんたの言いたいことはわかる。わかるがしかし……」

「敵はためらわないぞ」

「う……」

俺は、サブマシンガンを受け取り、腰に差しこんだ。

食堂にはいい匂いが漂っていた。

「あら、いらっしゃい」

「安藤が食事をとれとさ」

彼のそばを離れるのは得策《とくさく》ではないだろうが、安藤なりに気をつかってくれているのだろう。

「準備はできてるわ」

「ありがとう」

食卓では、さっきの双子が食事中だった。二人で並んで座り、何やらおしゃべりをしながら。

「あ、小次郎」

美佳はもう呼び捨てだ。

「ちょっと美佳！ あたしのイチゴ返してよ」

美紀はまったくの無視である。

「二人とも、食べ終わったの？」

「うん」

「じゃあ、お部屋に戻ってもいいわ」

「はーい」

双子ははしゃぎながら食堂を出ていった。

「賑やかな食卓だな」

「そう？ 私は嫌いじゃないけど」

「俺は久しくこういう雰囲気から離れてたてな。懐《なつ》かしくもあり、新鮮でもある」

「そう……」

「安藤は食事をしないのか？」

「あとで持っていくわ」

いつも書斎でしか食事をしないという。変わった家族だ。家族、と呼べればだが。

食事が終わってから、あちこちを見回ってみる。安藤の部屋の前にでも張りついていればいいのかもしれないが、本当に狙いは安藤だけなのか——そうだとしても、侵入するために手段を選ばなければ、亜美や双子にも被害が及ぶかもしれない。安藤だけ護っても、それは自分の本意《ほんい》ではない。

要《よう》は家に侵入されなければいいわけだ。

一階をあらかた見回ってから、二階に行ってみる。亜美はまだ下で台所を片づけていた。今、二階にいるのは双子だけだ。

ノックして、そっとドアを開ける。

「なによ、勝手に入ってこないで！」

いち早く俺を見つけた美紀が、きつい声をあげた。

「これから着替えて、もう寝るんだから」

「のぞきだ、のぞきだー」

美佳はまったく気にする様子はなかった。

「なにしに来たのよ？」

「見回りだよ。全員いるかどうかをな」

「余計なお世話よ」

「……ま、仕事だからさ」

「なんだー、美佳たちと遊んでくれるのかと思ったー。しょうがないから美佳はもう寝るー」

美佳はベッドに飛び乗った。

「美佳は今日こそ一人で寝るんだ！」

「一人って、隣に美紀がいるんだろ？」

「美佳は一人でベッドに寝るのも怖がるのよ。どうでもいいけど、あたしのこと呼び捨てにしないで」

「はいはい。なんでもつっかかってくるんだな。いつもそんなに怒ってるのか？　ストレスたまるだろ？」

「あなたが出ていったら、ストレスなんて飛んでっちゃうと思うわ。敵側の人間なんだもの、あなたは」

「敵？　敵って誰だ？」

「安藤のことに決まってるでしょ」

父親のことを「安藤」と呼ぶというのは、かなり変わっている。下の名前で呼ぶのは、たまに聞くが。

「なんで自分の親が敵なんだ？」

「なんでそんなこと訊くの？」

「いや、深い意味はないが、安藤はお前らのことをずいぶんと気にしていたみたいだぜ」

「ふん。そんなのポーズよ、ポーズ」

「父親とケンカでもしたか？」

美紀はぶんぶん首を振る。

「理解されないとか？　学校でいじめられたとか？」

「そんなこともないわ。なーんにもないわよ」

「じゃあなんだよ」

「あなたこそなんでそんなこと知りたいの？　関係ないでしょ？」

「いや、妙な家族だなと思ったから。それだけだけど」

「妙……そうね……妙かもね」

美紀の声が、少し小さくなる。

「とにかく、あなたは私たちから見れば安藤側の人間だし、第一今日初めて会ったばかりなんだから、あなたのこと、信用するわけないじゃない」

ごもっとも。ただ、少し気になっただけだ。子供の扱いは苦手だ。別に打《う》ち解《と》ける必要もないのだが。

安藤の書斎に行くと、彼は机のパソコンに向かって熱心に何かを打ちこんでいた。ノックも聞こえないくらい、集中している。

「ああ、どうした？　なにかあったか？」

「いや、特にはない。見回りをしているだけだ」

「そうか」

それっきり、またモニターに目をやる。俺はそっと書斎を出ていく。食事はしたんだろうか。外を見回り、異常がないことを確認して、一階に戻ると、台所の明かりが消えていた。亜美はもう自室に引き上げたらしい。

二階で、もう一度双子の部屋を確認すると、二人ともよく眠っていた。二人で狭いベッドに身を寄せ合っている。結局美佳は一人で寝られなかったのか。

亜美の部屋をノックすると、ドアが細く開かれ、中から亜美の顔が半分見えた。疲れたような表情をにじませている。

「どうした？　疲れてるのか？」

「そんなことないわ」

そう亜美が答えたとき、鋭い破裂音《はれつおん》が聞こえた。

「なんなの!?」

銃声!?

「庭だ！」

俺と亜美は階段を駆け下り、裏庭に走りこんだ。

ガレージのシャッターが半分上がっていた。その脇に、倒れている人影を見つけて駆け寄った瞬間、ガレージから車が飛びだした。シャッターが弾《はじ》け飛ぶ。

「わあ！」

俺はあわてて倒れていた人間をひきずって、ガレージから離れた。フェラーリが猛スピードで走り去っていく。倒れていたのは安藤だ。左腕から血を流している。

「くそ！　なんてことだ！」

俺は追いかけようと立ち上がる。だが、その腕を安藤がつかんだ。

「待ちたまえ、天城くん……」

「なに!?　どうして止めるんだ!?　追いかければ、まだ間に合う——」

「いや、あれは……ジョーンズだ。裏庭に彼がいて……私が出ていったのがまずかった……。シャッターをこじ開けていた彼は私を見つけて、なにも言わずに撃ったんだ」

「もしかして、昼間会社にいた白人男か？」

「そうだ」

「でも知り合いだろうと、あんたを殺そうとした奴だぜ？　このまま見逃すのか？」

「これであの男も、私の前に二度と姿を現すことはないだろう……」

「え？　フェラーリはどうするんだ？」

「大切にしていた車だが……餞別《せんべつ》がわりにくれてやってもいいだろう。金に困っていたから、売れば少しは助かる」

「くれてやるって、おいっ……」

あんな貴重《きちょう》な車を。

「こうしているのも、つらくなってきた……家に入ろう……。亜美は子供たちの様子を見てくれるか？」

「はい……」

「では行こうか」

安藤に肩を貸し、居間のソファーに寝かせ、応救処置を施した。

「そう気に病むな、天城くん。君に落ち度があったわけじゃない」

「いや……あんたがどう思うかじゃない。俺が自分をどう評価するかだ」

「厳しい男だな。でも、あれは昼間のいざこざがあとを引いただけだ。本来、君に依頼した相手じゃない」

「でも、他にもいきなり撃ってくるような奴がいるなんて……あんた、ひょっとして契約相手や同業者に敵をつくりまくってるんじゃないだろうな」

「いない、と言えば嘘になるな……」

「つまり、敵は一人だけじゃないってことか？」

「そうとも言える」

「それで、よくそんなに落ち着いていられるな」

「なあに、簡単なことだよ。万一どうしようもなくなったら……」

「そんな状態には絶対にさせない」

「まあ、聞きたまえ、天城くん。もしそうなったら……そのときはその銃で私を撃てばいい」

今度も冗談を言っているのではなさそうだ。

「そうすれば、奴らには永遠に欲しいものが手に入らない。もちろんそんなことには絶対になってほしくないが……必要ならば、それもまた仕方ないことだろう」

安藤はうめき声をあげながら立ち上がった。

「少し熱が出てきたようだ」

「大丈夫なのか？」

「なに、銃で撃たれるのは今日が初めてじゃない」

「だと思ったよ」

「私は手当をして休むよ。あとはよろしく頼む」

安藤はこの状況下でごく普通に眠るつもりらしい。よくそんなことができる。大したタマだ。

「おやすみ――」

二日目

Marina 5

「ここがユカちゃんの学校？」

「そうです」

ユカは元気よく校門に向かって歩きだす。

「ここってけっこう有名な進学校よね——ミッション系の。ひょっとしてユカちゃん、頭いい？」

「あ、ひどーい、まりなさん」

「ごめんごめん。あ、ちょっと待って。まだ学校に入らないでね」

私は門の前に立っている警官《けいかん》に声をかけた。

「おはようございます。警視庁の法条《ほうじょう》です」

「おはようございます」

きちんと話は伝わっているようだった。

「藤井《ふじい》ユカを学校に届けに来ました。今後ともよろしく」

「了解《りょうかい》しました。表門に私が、裏門に一人、あとは私服《しふく》を校内に四人入れてます」

「了解。じゃあ、お願いね」

ユカはじっと警官を見つめている。

「今の人、警備の人？」

「そうよ。あなたを陰ながら護《まも》ってくれるわ。校内にも何人かいるからね」

「あたし、あんまり目立ちたくないなあ」

「大丈夫《だいじょうぶ》よ。校内にいるのは私服刑事だし、よっぽどのことがない限り、あなたには接触《せっしょく》しないわ。警官が外に立っている理由も、ユカちゃんとは関係ないことになっているはずだし」

「そこまでされると……わがまま言ってるみたいで気が引ける」

「気にしなくていいのよ」

校内はとてもきれいだった。かわいらしい今風の制服の生徒たちと、伝統と格調高い校舎が思いのほか似合っている。中庭の芝生《しばふ》や、校庭もていねいに手入れをされていた。

「かわいい学校ねえ。ご両親の教育方針がうかがえるわ」

「そうですか？　もう見飽きちゃってて」

「いつから？　小学校からあるわよね、ここ。幼稚園《ようちえん》からだっけ？」

「あたし、中学から入ったんです。しかも中途入学《ちゅうとにゅうがく》」

それは、転校っていうのではないだろうか。

「その前は公立にいたの？」

「外国の学校にいたんです」

「あらそう。ユカちゃんってどこ生まれ？」

「ニューヨークです」

「あら、かっこいいわねぇ」

「あっ、ユカ！」

教室の窓《まど》から声が降ってきた。女の子が二人ちぎれんばかりに手を振ってこっちを見ている。

「友だち？」

「うん。おはよう！」

ユカが声を張り上げると、女の子たちは「きゃーっ」と歓声をあげた。

「じゃあ、早く教室に行きなさい」

私はユカの背を押して、校門にきびすを返した。ところが、

「あっ、待って、まりなさん！」

ユカが突然呼び止めた。

「なに？」

「あの……こんなぎりぎりで言うのもなんだけど……。あたし、いろいろ考えたんです。それで、まりなさんのお手伝いがしたいって思ったの」

「はあ？」

何を突拍子《とっぴょうし》もないことを――。

「そうじゃないと、あたしの気がおさまらない気がして」

「あのね。ユカちゃん……」

「いいでしょ？　あたし、なんでもするから！」

「ちょっとちょっと、待ってよ、ユカちゃん！　いい、あなたのご両親は殺されたのよ」

「わかってます」

ほんとか？

「そしてその犯人《はんにん》は、またあなたを狙《ねら》うかもしれないのよ」

「わかってますよ。だからまりなさんの力になれること、したいんです」

「これはね、探偵《たんてい》ごっこじゃないの。ユカちゃんの気持ちももちろんわかるわ。でも、私のためを思ってくれるなら――」

「思ってくれるなら？」

「学校で友だちと遊んで勉強して、リフレッシュしなさい」

「ええー……」

とても不満そうな顔になるが――。

「とりあえず今日《きょう》のうちは」

「……はーい……」

ユカは渋々納得《しぶしぶなっとく》したようだった。

「ユカー！ 早くぅー！」

女の子たちの華やかな声が響《ひび》く。

「じゃあ、いってらっしゃい」

「はい、まりなさん……いってきます！」

気を取り直したように、ユカは校内に駆《か》けこんでいった。

Kojiro 5

俺《おれ》が事務所に戻ったのは、朝八時だった。

一晩中、安藤《あんどう》の家を見張り続けたが、あの事件以降は何事《なにごと》もなかった。だが、徹夜《てつや》続きのうえに普段《ふだん》と違う緊張《きんちょう》がたたったのか、俺の身体《からだ》は悲鳴《ひめい》をあげていた。ただただ眠りたかった。

「小次郎《こじろう》？ お帰りなさい」

「氷室《ひむろ》……いたのか？」

「まあね」

「少し早くないか？」

こんなに早く出勤《しゅっきん》をしてきたことなんて、憶《おぼ》えがない。

「ちょっとね。実はずっとここで仕事をしてたの」

「そんなに急ぎの仕事はないだろう?」

「そうなんだけど、調べものを始めたら、なかなか終わらなくて」

「なにか面白《おもしろ》いことでもわかったのか?」

「いいえ、そういうわけじゃないんだけど、安藤商事については情報《じょうほう》が少なくて……それで手間取ってしまったの。あ、ごはんは? それとも、シャワーでも浴びる?」

「いや、いい。とにかく寝るよ」

何か食べたりシャワーを浴びたら、目が覚《さ》めてしまいそうだった。

「結局一睡《いっすい》もしてないのね、あれから」

「しょうがないさ。いろいろあったし……」

「いろいろってどんな?」

「起きてから話すよ。お前も徹夜したんだから疲《つか》れてるだろ? もう今日は引けてもいいぜ」

「雑用《ざつよう》をやってるわ。今回の依頼について、もう少し突っ込んだ内容を知りたいし、いろいろってのも知りたいから」

「じゃあ、俺は寝る」

俺はベッドに潜《もぐ》りこむ。

「おやすみ……」

氷室の声を最後まで聞くこともできずに、俺は眠りに落ちた。

目が覚めたとき、一瞬《いっしゅん》すっかり今までのことを忘《わす》れていたので、長い夢を見たのかと思った。しだいに頭がはっきりして、カタカタとかすかなキーボードの音が聞こえてきたところで、ようやく気づいた。ここは俺の事務所で、安藤の家から朝戻ってきて——そして今、昼まで眠って起きたところだと。

夢ならよかったのに、と思いながら、俺はベッドから起き上がった。

「あ、おはよう」

パソコンに向かっていた氷室が気づいて、立ち上がった。

「よく眠れた？」

「まぁな」

もう少し眠ってもよかったが、今日はまだたくさんやることがある。

「コーヒーでもどう？　サンドイッチもあるわよ。シャワー浴びたら食べて」

寝ぼけた頭に熱いシャワーを浴びると、しだいに目覚めてくるのがわかる。けれど、ようやく起きたと実感できたのは、氷室が用意してくれた食事をとったあとだった。

「それで？　夕べはなにがあったの？」

「うーん……思ったよりも依頼はヘビーだ」

「え？ ひょっとして、危ない仕事なんじゃないでしょうね？」

「ボディガードなんだ、危なくないわけないだろう」

　俺は氷室に、昨夜のことを話した。氷室は驚《おどろ》き、心配そうな顔をする。

「やっぱり……報酬《ほうしゅう》が尋常《じんじょう》じゃないのはそういうことだったのね」

「どちらにせよ、ただボディガードをしていればいいという問題ではなさそうなんだ。だから、こっちも手を打っておく必要がある」

氷室は首を傾《かし》げた。

「安藤は警察の介入《かいにゅう》を恐れている。俺が推測《すいそく》するに、仕事上のトラブルだと思う。となると、なにか御禁制《ごきんせい》の品をめぐって、どこかと対立してるんだ」

「麻薬《まやく》とか、武器とか？」

「有名なところでは、そういうものだろうが……。夕べ襲《おそ》ったのは同業者だし。でも、これは安藤には薄情《はくじょう》な選択かもしれないが、いざとなったら警察に任せてしまうのが一番だと思う。だけど、今の段階では事件そのものが不透明だし、警察にこれといって見せられるようなものもない。安藤が物騒《ぶっそう》なものを持っていたとタレこんでも、彼が銃刀法違反《じゅうとうほういはん》で捕《つか》まるだけだしな」

「警察って、なかなかアテにならないしね」

氷室はため息をついた。

「安藤が狙われている証拠《しょうこ》をつかんで、いざとなったら彼のところに警察が踏みこめるようにしておく。そうすれば、少なくとも安藤の今後の身の振り方はともかく、安全は確保されるだろう。逆に俺らがお縄《なわ》をちょうだいする羽目《はめ》にならないように気をつけないといけないがな」

「だいたい小次郎のやりたいことはわかったわ。でも、そのためにはまず情報ありきね」

「特に安藤商事の金の動きが気になる。もしでかい取引が絡《から》んでいるなら、それに合わせて多額の金が動いているはずだ。今んところわかってることは？」

「公開情報だけなら引きだせたわ」

誰《だれ》でも見られる情報では、あまり役には立たないのだが。

「得意先は中東が多いわ。たぶん、社長が中東でなんらかの仕事をしていたからじゃないかな」

「さすがに石油はないな……」

「オイルの輸出入はよっぽどのコネクションがないと無理よ。でも、国外の取引ではけっこうやばいものも扱《あつか》ってるわね」

「武器か？」

氷室はうなずいた。

「昨日《きのう》、安藤がずいぶん物騒なものを持ってたからな」

「ただ、日本国内に持ちこむのは、いくら商社といえども、至難《しなん》の業《わざ》だと思うけど……」

「ま、日本に輸入とかしなければ、別に違法じゃないんだろうが」

「表向きは、きわめて中堅の商社って感じね」

「安藤左衛門《さえもん》については？」

「それがだめ。彼に関してはまったくといっていいほど情報がつかめなかったわ。この街《まち》の住人なのよね？」

「ほら、住所だ。住民票を調べてみてくれ。それから、安藤には娘が二人いる。秘書の栗栖野《くるすの》亜美《あみ》も同居している」

氷室が急に黙《だま》りこんだ。

「なんだよ？」

「じゃあ、夕べは栗栖野さんとも一緒《いっしょ》だったんだ」

「まあ、そうなるな」

「ふーん……」

「だからなんだよ？」

「いいえ、別に」

いちいち絡む奴だ。

「娘二人が実子《じっし》であるかどうか、それと栗栖野亜美の住民票も一緒に頼む」

「じゃあ、これから区役所に行って調べてくるわ」

すぐにいつものてきぱきとした氷室に戻る。

「俺も少し聞き込みに行ってくる」

「久しぶりの大仕事ね」

「なんだ、うれしそうだな」

氷室は少し言いにくそうだったが、やがて思い切ったように言った。

「こんなこと言ったらあれだけど……くる仕事くる仕事がちょっとはりあいなくて。小次郎はこんなことするために探偵をやってるんじゃないってずっと思ってたのよ」

「どうだか……。でも、大仕事は大仕事だな」

Marina 6

F&D通商は、小さなテナントビルの中にあった。

社長である藤井の家が立派《りっぱ》だったので、このみすぼらしいといえるくらい薄汚《うすよご》れたビルに本当に会社があるのか、と疑《うたが》ったくらいだ。

表示を見ると、F&D通商は五階にあった。小さなドアにプレートが貼ってあるだけの、素《そ》っ気《け》ない入口だった。中からは物音も、人の気配《けはい》すらなかった。

共同経営者がいるはずだから、藤井が死んだからといって会社が成り立たないとは思えないし……それとも、実質藤井が動かしていたようなものなのだろうか。あるいは——ペーパーカンパニー、だとか？

ドアノブに慎重《しんちょう》に手をかけると、思いがけず軽く回った。オフィス内には誰もいない。一応会社らしく、机や応接セットやパソコンも置いてあるが、何だか寒々《さむざむ》しかった。

奥のドアが社長室らしい。そこにも鍵《かぎ》はかけられていない。私はドアノブを回した。

ドアを開けた瞬間《しゅんかん》、太い腕《うで》が首に回され、鈍《にぶ》い金属音が響いた。

「そのまま動くな」

銃口《じゅうこう》が頭に突きつけられている。

気配を消していたのか。こんなところで不意《ふい》をつかれるとは。

「女か……なんの用だ？」

この男が共同経営者のデビッド・ジョーンズだろうか。

「営業で来たんならあきらめな。この会社は今ちょうど休みに入っていてね」

誰もいない？　ということは、ここに誰かが来ることを想定して、自衛《じえい》をしていたというところか？　銃《じゅう》で対処をしなければならない相手が。

「聞いてるのか？　それとも、怖くて言葉《ことば》も出ないか？　場合によっては、そのかわいらしい頭を吹っ飛ばすぜ？　これは脅《おど》しじゃやねえ」

「オーケー。警視庁捜査《そうさ》一課の者よ。銃を下《お》ろしなさい。今すぐ下ろせば、このことには目をつぶるわ」

「警察!?」

男は一瞬ひるんだようだったが、腕の力はゆるまなかった。

「この会社の経営者である藤井政夫《まさお》氏が殺されたのは知ってるわね？　その関連の聞き込みに来たわ」

「警察は毎日来てるが、あんたは見ない顔だな。名前は？」

「警察の内情《ないじょう》は話す必要ないけど、名前は名乗ってあげる。法条よ。いいから、このごつい手を離しなさいよ！　これ以上待たせたら、銃刀法違反と公務《こうむ》執行妨害《しっこうぼうがい》で逮捕《たいほ》するわよ」

男は、ようやく腕をはずした。山のように大きな白人男だった。

「ご協力に感謝するわ」

「ふん。早く出てってほしいだけだ。改めて用件を聞こうか。今この会社の主《あるじ》は留守《るす》だ。ことづてなら聞く」

「あら、留守なの。なーんだ。じゃ、あなたは？　ボディガードってところ？」

「そうだ」

「なるほどね。一つ聞くけど、いつもあんな対応をしているの？」

「いや、いきなりドアを開けたんでな。警察にしろ客にしろ、ノックぐらいはするもんだ」

「あら、それは失礼」

「挨拶《あいさつ》もなしに踏みこんでくる奴は——」

「ここの経営者を殺しに来る奴」

「ま、そんなところだ」

そいつは、藤井たちを殺したのと同じ人間なのだろうか。

「で、当のジョーンズさんは？」

「商談相手のところに行っている」

「あなた、一緒に行かなくていいわけ？」

「別のゴツい連中がついてるからな。その間、俺はここを守るだけだ」

「いつ帰ってくるのかしら」

「さあな」

そらとぼけているのか本当に知らないのか、よくわからない顔だ。日本語もとてもうまい。

「じゃあ、退散《たいさん》するわ。邪魔《じゃま》したわね」

「警察が来たことだけは伝えておいてやる」

「また夜来るかもしれないけど、そのときもよろしくね」

「あまりいい顔はしないと思うがね」

「そりゃそうでしょ」

私は男に手を振って、F&D通商を出た。

Kojiro 6

自然に足が向くのはセントラルアベニューのバーだった。安藤に手渡されたステアーのことを軽く訊《き》いてみよう。

バーの中は、昨日と同じに静かだった。そして、面子《めんつ》まで同じだ。

昨日、バーテンから何かを受け取っていた黒人が、カウンターで飲んでいた。

「よう」

「あ、天城《あまぎ》さん。いらっしゃい」

俺がバーテンに声をかけると、男は立ち上がり、金をカウンターに置いて、音もなく店を出て行った。

「あれは……昨日もいたよな？」

「知りませんよ、天城さん」

バーテンは笑いながら釘《くぎ》を差す。知らないはずはない。おそらく何者《なにもの》かははっきりわからなくても、目的はだいたいわかっているだろう。バーテンが武器の調達《ちょうたつ》をしたのは明らかだ。けれど、今はそんなことにかまっているひまはなかった。

「この街で、お前さん以外に武器を専門に扱ってる奴を知ってるか？」

「なんですか、お前さん以外って」

「レアな銃を入手《にゅうしゅ》するのがうまい奴は?」

「私じゃ無理ですね。けど、レアっていってもいろいろありますよ」

「市場に出回ってないとか年代物《ねんだいもの》とかそういうものじゃないんだ。いわゆる特殊部隊にしか流れないような御禁制のアイテムだな」

　バーテンはしばらく考えこむ。

「ま、いいでしょう。直接のツテはありませんが、武器の密輸《みつゆ》をやっている人間に粉かけてみますよ」

「ありがたい」
　二、三日様子《ようす》を見れば、何か情報が入ってくるかもしれない。期待は薄いが、やらないよりはましだろう。情報を得る場所は思ったよりも少ない。粉をかけて返事を待つのも手だが、直接聞けるところへも遠慮《えんりょ》なく行くべきだろう。
　そう思った俺は、安藤商事に向かった。

　約束をしてはいないから、なかなか中には通してもらえないかも、と思ったが、亜美に取り次いでもらうとすんなりと入ることができた。

「あまり仕事中にうろうろされると困るわ」

　亜美は、社長室前のエレベーターホールで待っていた。

「俺を雇《やと》った以上、多少のことは仕方ないと思ってほしいね。それに命こそ取られなかったが、ジョーンズの侵入《しんにゅう》も許してしまった。二度と起こらないようにと俺だって考えてるんだよ」

「結果的にあなたのためにもならないと思うけど」

「昨日はちゃんと眠れたのか？」

朝は亜美とまともに話していなかった。

「あんな事件のあったあとだもの。ぐっすり眠れるわけないわ」

「そうか。だが屋敷内は不気味《ぶきみ》なほど静かだった。みんな熟睡《じゅくすい》しちまったかと思ったぜ」

「息を殺していたのよ。子供たちは事件に気づかなかったみたいだし」

社長室での安藤は、思ったよりも顔色がよかった。昨日撃《う》たれたとは、誰も気づかないだろう。亜美が影《かげ》のようにつきそっていた。

「傷のほうはいいのか？」

「心配には及ばんよ。うちにはお抱えの医者がいてな」

「なるほど。銃で撃たれた傷から、死体まですべて片づけられるってわけか」

「まあ、そんなところだな。ところで——仕事中にあまりここに来られると困るね。私にも表の顔というものがある。目立ったことをされると、敵の目にもつきやすい」

「だが、ガードする側からすれば、あんたを襲う理由、その相手の正体《しょうたい》、それがわかるだけでも、対策の立てようがあるだろう」

「だから、手を打って君を雇ったんだよ、天城くん。君がその部分に触《ふ》れる必要はないんだ。すべてを知れば、君はボディガードではなくなる」

謎《なぞ》めいた言葉を安藤は持ちだした。

「君がそれを知ることはつまり、私と同じターゲットになるということだよ。至極簡単《しごくかんたん》なことだと思うがね。だから、君には話せんのだ」

「どうしても言う気はないんだな」

「当たり前だ。それに、ボディガードには関係のないことだ」

とりつく島もなかった。

「じゃあ、邪魔したな」

「今夜もよろしく頼むよ」

「ああ、七時頃に行くから——そうだ。前にあんた、俺を誰かに紹介されたって言ってたな」

安藤がうなずく。

「人を信じることについて用心深そうなあんたが、その人の紹介というだけで俺を招き入れた。あんたはそいつのことを相当買ってるんだな」

「どうだろうな」

「俺を紹介した奴、それは誰だ？」

「前にも言ったろう。その名は明かせられん」

何も教えてはくれないようだ。俺はとりあえずあきらめて、社長室を出た。

Marina 7

内調《ないちょう》には、杏子《きょうこ》からのFAXが届いていた。

「なによー、これだけ？」

甲野《こうの》が差しだしたのは、ぺらんと一枚だけ。

「読んだけどね、なにもないに等しいよ」

「どういうこと？　ええと……銃弾《じゅうだん》は二二口径《こうけい》、今までと異なる指紋《しもん》や足跡《あしあと》も出ていない、着弾の具合から、かなりの至近距離で撃たれていると推測――至近距離？」

「庭から撃たれたと捜査本部は思っているらしいね」

「庭？　でも、誰もいなかったのよ」

警官も私も、誰の気配も感じなかったはずだ。

「まさか――ほんとに犯人が戻ってきたとか？」

「なんのために？」

「そうよね……それだけのためだなんて……。まったく……もう少しましな報告書だったらよかったのに」

「まあまあ。別に杏子くんだって手抜きしたわけじゃないと思うんだがね」

「わかんないわよ、そんなこと。頼りないんだから。地道《じみち》に調べてる時間なんてないのに」

「利用できるものは、すべて利用する、か」

「そういうこと」

でも、今は地道にやるしかなかった。藤井家と江崎《えざき》宅に行こうと部屋を出かけたときに、電話が鳴った。

「ああ、杏子くんか」

何となく足を止めていると、甲野の顔色が変わった。

「まりなくん」

電話を切ると、甲野は青ざめた顔をしていた。

「なに？」

いやな予感がする。

「また同じ手口《てぐち》の殺しだ」

「え!? 今度は誰!?」

「森田秀明《もりたひであき》という男で……まだくわしいことはわからない。現場に行ってくれるか？」

「もちろんよ、住所は!?」

この街は、いったいどうなっているのだろうか――。

森田の自宅も、高台のほうに位置する高級住宅街の一角にあった。マンションではあったが、かなり豪勢《ごうせい》な造りで、外国のリゾートホテルのような雰囲気《ふんいき》だ。ただし賃貸だが、それでも家賃は相当なものだろう。だからむろん、セキュリティはしっかりしていたはずなのに……。

玄関《げんかん》には立入禁止のテープは貼られていなかった。たぶんもう、現場検証は終わっているのだろう。警察の車も少ない。入口の制服警官にたずねた。

「警視庁捜査一課の法条よ。現場検証は終わったの？」

「はい。もう終わりました」

遅かったか、と一瞬思ったが、現場の刑事たちと妙な摩擦《まさつ》を起こすのも得策《とくさく》ではない。彼らの仕事を邪魔しても、いいことはないし。

「ちょっと見せてもらっていい？」

「はい、どうぞ」

最上階に森田の部屋はあった。いわゆるペントハウスというやつだ。

玄関を開けると、真っ正面《しょうめん》に大きなガラス窓が見えた。短い廊下《ろうか》を抜けると、広いリビングに出る。大開口《だいかいこう》の窓から、街の全景と、海まで望《のぞ》める抜群《ばつぐん》の眺望《ちょうぼう》だった。モダンな家具とシックなファブリック——本当にホテルのようだった。床《ゆか》のじゅうたんには、染《し》みも塵《ちり》もない。隅《すみ》のほうのひときわ赤黒い血だまり以外は。

「リビングの椅子《いす》にくくりつけられて、切り刻まれたようです」

来る途中《とちゅう》、杏子に電話で聞いた。まるで血が搾《しぼ》り取られたような染みだった。

「ナイフの傷は一致したの？」

部屋の中にいた警官にたずねる。

「いいえ、まだ確認は取れていませんが、鑑識《かんしき》の見立てだと同じであろうと」

「血の染みが、ここにしかないのね」

「そのようです」

繊細《せんさい》な仕事だ。無駄《むだ》なことは一切《いっさい》しない、か。いまいましい。

「もう誰もいない？」

「いいえ、奥のほうに一人残ってます」

「そう」

奥にもまだいくつか部屋があるらしいが、犯人が入った形跡《けいせき》はなさそうだと警官は言う。

寝室らしき部屋も広かった。しかし、あるのは真っ白なシーツのかかったベッドとわずかな家具だけ。シンプルな生活を営《いとな》んでいたのか、それとも、何かの目的のために物を置きたがらなかったのか――しかし何のために？

廊下の一番端の部屋のドアが、少し開いていた。ノブに手をかけて入ろうとしたとき、中から人が出てきた。

「おっと」

出てきた男が持っていたファイルや本が、ばらばらと下に落ちる。

「あ、ごめんなさい」

「いえ、こちらこそ失礼」

男は私の顔を怪訝《けげん》そうに見る。

「あなたは？」

「本庁から来た法条です」

「そうですか。見かけない顔ですが」

うまく連絡が取れていないのだろうか。

「最近赴任《ふにん》したもので」

「ああ、ではわからないはずだ」

「あなたは？」

「私も、本庁――公安《こうあん》の平井《ひらい》です」

「公安？」

「あなたは殺人事件の捜査でしょう？」

「ええ、そうよ」

「森田はなにをしてこれほどのところに住んでいたと思いますか？」

　杏子の話では、確か経営コンサルタントだと——そんなに儲《もう》かるものなのだろうか。親の遺《い》産《さん》でもあれば、別かもしれないが。

「ロクなクライアントも抱えず、身寄りもない男が、なにをしていたのか、わかります？　しかもしょっちゅう外国に行って——」

「公安にマークされていたってわけですか？」

「そうです」

「なんなの？　麻薬？　銃器？　それとも——」

「それはたぶん、そのうちにわかります。でも、麻薬じゃない」

　その言い方——江崎のことを言っているのだろうか。

「じゃあ、銃器？」

　平井は否定も肯定《こうてい》もしなかった。

「これはうちの押収品《おうしゅうひん》。もらっていきますよ」

「私も少し見ていってもいいかしら」

「どうぞ。でも一課の現場検証は終わったし、それ以外にやることがあるのでは」

　平井の表情《ひょうじょう》は穏《おだ》やかだが、有無《うむ》を言わさぬ口調《くちょう》でもあった。

　平井はファイルを拾い始めた。私も足元に落ちているものを拾う。

　ファイルの隙間《すきま》から、何か数列の書かれた紙が膝《ひざ》に落ちる。私はとっさにそれを折りたたみ、手の中に隠《かく》した。

「じゃあ、お先に。あなたも早く帰ったほうがいいですよ」

平井はさっさと部屋を出ていった。


内調に帰る道は、私のマンションへの帰り道でもある。朝からあちこちに行って、疲れ切っていた。少しだけ寄り道をして、シャワーでも浴びようか——と思っていると、マンションの前に不審《ふしん》な人影《ひとかげ》を見つけた。何やらぶつぶつ言っている。

「小次郎！」

びっくりしたように振り向いた男は、やはり天城小次郎だった。昨日今日と続いてだが、そんなに未練《みれん》があるのなら、さっさとくっつけばいいのに。

「こんなとこでまたなにしてんのよ」

ばつの悪そうな顔をしている。

「弥生《やよい》に会いに来たんでしょ」

「なんでも勝手に決めつけるな。お前に会いに来たんだよ」

「ええーっ。珍《めずら》しいわね。私に用だなんて」

「まあな」

「ここじゃなんだから、上がってく？」

「いや、そんな長い時間はかからないと思うが」

「私もちょっと一休《ひとやす》みしたかったの。お茶飲むくらい、いいでしょ？」

「ああ、そうだな」

相変わらず不愛想《ぶあいそう》な男だ。もう少し気がきけば、弥生だってそんなに悩まずにすむのに。


「まったく生活感がないなあ」

部屋に入るなり小次郎はいきなりそう言った。

「でも、お茶くらいは出せるわよ」

私は彼の前に緑茶の入った湯飲みを置いた。

「で、用ってなんなのよ」

「いや、大した用事じゃない。ただ、情報収集の一環《いっかん》ってところか？」

「私からネタをもらおうっていうの？　虫がよすぎるんじゃない？」

「金をとるなら値段はお前が決めてくれ。ただ、いくつかちょっと知ってることがあったら教えてほしいんだ」

「ま、差し支《つか》えないことならいいけど。で、なに？」

「最近のこの街の変化っていうのを追っていたりするのか？」

「残念ながら——それは警察の仕事よ。私がカバーする領域《りょういき》じゃないわ」

「訊き方がまずかったな……」

小次郎は少し考えこんだ。

「あんまり時間もないし、遠回しな言い方はやめれば？　ずばり訊いちゃいなさいよ」

「国内で武器を売るのを専門にしている奴をマークしてないかと思ってね」

「つまり密輸ってこと？」

「そうだ」

「うちではそういうのは今んとこノーマークね。またやばいことに首突っ込んでんの？」

そんなことばっかりしているから、弥生が心配をするのだ。

「いや、まだどこまでやばいかわからないが……それを知るために情報を集めてるんだ……」

「なかなか引っかからないと」

「そんなところだ」

「武器商人にまったく心当たりがないといえば嘘《うそ》になるわ。ただ、まだなにも調べてないし、武器じゃないかもしれない」

「差し支えなければ教えてくれ」

「差し支えありよ。だって、そいつは死んじゃったんだもの」

「死んだ？」

さすがに驚いている。

「何者かに殺されたわ。警察が捜査中だけど、ちょっと裏がありそうなので、うちからちょっと探《さぐ》りを入れてるけど」

「なにか変化が起きつつあるということか……いつそいつは殺されたんだ？」

「今日よ。私はその現場から帰る途中だったのよ」

「そうだったのか……」

「あんまりやばかったら、このまりなさんに相談しなさい」

「よく言うぜ、お前が絡むと事態がもっと悪くなる」

いやみな男だ。

「じゃあ、すまなかったな、仕事中。ありがとう」

「気にしないで。またね。今度食事でもしましょう」

長いことつきあっているが、そういえば二人でちゃんと話したことは一度もなかった。

Kojiro 7

法条と別れてから、事務所に電話をかけると氷室が帰ってきていた。

「首尾《しゅび》はどうだ？」

「住民票はすぐにもらえたわ。でも、変なの」

「なにが？」

「安藤の住民票……結婚歴もなければ離婚歴もない。もちろん実子も一切書かれてないし……これってどういうこと？」

「本籍を移したり、転出《てんしゅつ》したりすると、過去《かこ》の経歴を消すことができると聞いたことがある。バツイチなんかはそれを使うと消せるそうだ」

「だとしたら、そうしてきれいにした住民票なのかしら」

「どうだろうな……。栗栖野亜美のほうは？」

「住民票はなかったわ」

「ということは、転出や転居届けを出していないのか……」

最近は出さない人が多いというが。

「二人の経歴だけでもわかるといいんだが……今会社に行って聞きだそうとしたんだが、けんもほろろにあしらわれた」

「そうなの？」

「深く知りすぎるな、ということだとさ。だいたい、俺を紹介したらしい相手のことも教えてくれない。初対面《しょたいめん》の俺を、普段他人を入れたがらない自分の家に入れるくらい、安藤はそいつを信用している。でも、俺の知り合いで商社につながりを持つような奴はいない……」

「そんな直接的なつながりで紹介されたとも思えないわね。自分のほうからたどっていってみれば？　小次郎が信頼しているなら、その人もそう思ってるかもしれないし」

俺が信頼している人間……。

「わかった。心当たりを当たってみよう。俺はこのまま安藤のところに行くから。お前はもう帰って休め」

「そう？　じゃあ、そうさせてもらうわ。オーナーが仕事しているのに、自分だけ休むのは気が引けるけど」

「じゃあ、明日《あした》も今日と同じような時間に戻ってくると思う」

「私もその時間にここに来るようにするわ」

「その必要はないだろ？」

「なんで？」

「俺はそのあと寝るんだぜ？」

氷室はちょっとだけ黙ったが、

「——そりゃそうでしょうけど……いいの！　私の気がおさまらないんだから」

早く来るぶんには別に問題ないが……。

電話を切ってから、俺は桂木《かつらぎ》探偵事務所に足を向けた。俺が信頼している人といえば……まず最初に浮かんだのが弥生だったからだ。

「こんちは」

「あ、小次郎……」

弥生は所長室ではなく、事務所にいた。しかし、所員はやはり出払っている。

「どういう風の吹き回しだ？　今日も来るなんて」

「昨日、お前はいつでも大歓迎だって言っただろ？」

「あ、ああ、言ったが……まさか今日も来てくれるなんて」

弥生がうれしそうな顔をすると、俺もうれしくなってくる。

「実は、大きなヤマを追ってな……。いや、護っていると言うべきか？」

「昨日言ってたクライアントか？」

「そうだ。依頼主《ぬし》は安藤商事。奴の名刺《めいし》だ。住所もこれでわかる」

弥生はそれをじっと見つめる。

「急にどうしたんだ、小次郎」

「社長の安藤左衛門は食えない男だ。物事をはっきり言うタイプだが、確信に近いことはなにかとすり抜ける。俺もいまだにこの会社の裏が取れてない」

「だ、だからなんだと言うんだ？」

「お前、知らないか？　この会社のこと」

「急にそんなこと言われても……ただ、その会社なら三日ほど前に依頼があったよ。安藤と名乗る男と秘書が来た」

ここに安藤自身が？

「ボディガードというずいぶんと見当違いの依頼だったが……ひょっとして、受けたのか？」

「……桂木探偵事務所に同じ依頼が来てたのか」

「ああ、そうだ」

「そして、俺を紹介したのは弥生……」

いや、それは辻褄《つじつま》が合わない。

「確かに小次郎も紹介したけど、いくつかの探偵社と一緒にだ」

「お前は受けなかったのか？」

「あぁ、条件が厳しくてな。狙っている相手が不透明《ふとうめい》なこと。基本的に一人しか屋敷には入れないこと。これだけで二の足を踏むってもんだ。尾行《びこう》や話術《わじゅつ》のうまい探偵はいるが、ボディガードとなると話は別だ。そもそも探偵にドンパチできるわけがない。しかも、たぶん相手は単独じゃなく、組織行動だ」

「よくそこまで読めたな」

冷静に分析《ぶんせき》している。

「だって、目的は誘拐《ゆうかい》だっていうじゃないか。殺すのとはわけが違う。商売上か、それとも個人的なことかわからないが、相手が組織となると、うちの探偵ではちょっと無理だ」

「それに、この探偵事務所自体が狙われるかもしれないしな」

「……そのとおりだ……」

「しかし、なんでまたこの事務所に安藤は来たんだ？」

「街一番の探偵事務所だとさ。お世辞《せじ》にもほどがある」

「そんなことないだろう。この事務所はけっこう有名だぜ。俺だってよく引き合いに出される。もっと自信持てよ」

弥生はむっつり黙りこんだ。

「しかし、一度依頼がきているのなら話が早い。この安藤商事という会社、弥生、なにかデータを持ってないか？」

「……いや、特には」

「そうか。その名刺は預けておくよ」

「この会社について調べればいいのか？」

「いや、その必要はないぜ。記憶《きおく》の片隅《かたすみ》にでもとどめておいてくれればいい。あまり広くない街だ。そっちで受け持っている依頼とどこかでぶつかるかもしれないしな」

「わかったよ」

「じゃ、またな」

俺が立ち去ろうとすると、弥生が呼び止める。

「今度……うちに夕飯でも食べに来ないか？　い、いや、無理にとは言わないが……」

うれしい申し出だった。

「ありがとう。依頼が片づいたら、すぐにでも行くよ」

「よかった。腕をふるうからな」

弥生は料理がうまいのだ。本当は毎日食べてもいいとさえ思っているのだが——。

Marina 8

内調に戻って、くすねてきたメモにあった数列を前に頭を絞《しぼ》る。そこには、こんな数字とアルファベットが並べてあった。

972　15203　244982513
49　710E　244982513
43　14710　1321815
49　1C　244982513
39　L13　244982513

「なにこれ……」

さっぱりわからない。

「まりなくん。その男は本当に公安の者だったよ」

甲野が話しかけてくる。とりあえず、これは後回《あとまわ》しだ。

「そう。正直《しょうじき》ね。あんなタイミングで来た私を見て、たぶん同じようなもんだって思ったんでしょうね」

「本庁の者だとは思わなかったってことかね?」

「ええ。なんと思ったかはわからないけど」

「公安には手を引いてもらうように言ってみたよ」

「もしかして、江崎や藤井の件でも入ってるの?」

「いや、この件だけだと思うけど?　どうも武器密輸だったらしいね」

やはりそうか。

「じゃあ、たまたま森田をマークしてただけ、か」

くすねてきた紙はファイルに閉じてあったようで、二つ穴が開けられていたが、穴は破損《はそん》していた。そのせいで、一枚だけ落ちたのだろう。これならくすねたこともしばらく気づかれないかもしれない。

ただ、問題はその数列だった。どうも一種の暗号《あんごう》のようだ。結局あのあといろいろ探ったが、めぼしいものはこの紙一枚だけ。行くのが遅すぎた。公安は何をつかんでいるのだろう。

「公安のほうから情報を回してもらうことだってできるけど？」

「そりゃそうだけど――それじゃいつまでかかるかわからないわ。やめなさい出しなさいじゃ、向こうだってカチンとくるだろうし。それまで、せめてこの暗号だけでも解《と》いて、少しでも先に行かなきゃ」

しかし、頭が混乱《こんらん》しているせいか、どうも考えがまとまらなかった。頭を下げて、情報をもらうべきか……。

「ああ、わかんない。本部長、とりあえず藤井と江崎の家に行ってくるわ」

「ああ、よろしく」

「それでユカちゃんを迎えに行って、そのまま帰るから」

「F&Dはどうする？」

「明日ちゃんとアポとって行くわ。ユカちゃんはジョーンズを知っているだろうから、連れて行ってもいいしね」

またつらい思いをさせなければいいのだが。

藤井家の前には、昨日より警官が増えていた。

「庭から撃たれてるんじゃないかって？」

昨日の警官がいたので、捕まえて話を聞く。

「はい、そのようです」

「でも、誰もいなかったわよね？」

「はい。それは確認しました」

私は居間の中から庭を見る。ガラスには、小さな穴が開いていた。ユカはこのソファーに座っていたと言っていたが――。

庭に出て、ガラスの穴ごしに居間を見る。すると、思ったよりも低い位置であることに気づく。ソファーのユカを狙ったにしても低すぎるが……。

「窓は開いてたっけ？」

「いいえ。閉まってました。鍵は開いてましたが」

「うーん、なるほど……」

結局それ以上は何も見つからず、私は藤井家をあとにした。

江崎の家でも同じことのくり返しだ。手がかりはなし。けれど、今はこの二つの家しか調べるところがない。あとは――ユカぐらいしか。

約束の時間に遅れそうなので、急ぐ。

「ユカちゃん、お待たせ」

「あ、まりなさん」

ユカは教室で友だちと楽しそうにおしゃべりをしていた。

「じゃあね、ユカ」

「また明日」

事情を知っているようで、彼女たちはユカに笑顔《えがお》を向けて帰っていった。

「学校、どうだった？」

「楽しかったよ。友だちと久しぶりにいっぱい話せたし」

「そう。それはよかったわ」

今朝《けさ》よりもユカの顔は明るくなったようだった。

「じゃあ、帰りましょうか」

「あー、やっと帰れるー」

「やっぱり疲れた？」

「……授業がね。全然ついていけなくて。ノートとっても、なに書いてるんだかわからないの」

「それは無理ないわよ」

校門の前の警官に帰ることを告《つ》げて、私たちは学校を出た。

「今日はうちに私の友だちが来るから、紹介するわ」

「え、お隣《となり》に住んでるって人？」

「そう。みんなでお夕飯を食べましょう」

「やったー」

ユカは歓声をあげた。そのあと、学校でのことをいろいろと報告してくれる。

「みんな、いつもと同じだった。気をつかってそうしてくれて、あたしうれしかったけど……あたしはもう、みんなと違うんだなって、よくわかったの」

ユカは、少し淋《さび》しそうだった。

「今日、F&D通商に行ってきたわ、ユカちゃん」

「そう……」

「あいにくジョーンズさんには会えなかったけど」

「ふ〜ん」

「それからね、ユカちゃんちにも行ってきた。庭から撃たれたって警察は言ってたわ。ユカちゃんを狙ったと思うんだけど……誰も見なかった？ 私も警官たちもなにも見てないし、なにも聞いてないの。ユカちゃんだけが見ている可能性《かのうせい》があるんだけど……」

ユカは身体を震《ふる》わせながら答えた。

「あたし、泣いてて……音にびっくりして目を閉じて伏せたの……。だから、なにも見てない」

「ユカちゃん……本当にお父さんがなにをしていたのか知らない？ あんな目に遭《あ》う心当たりも？」

「妙な雰囲気だとは思ってたけど……最近」

「どんなふうに？」

「お父さんもお母さんも、なにかに怯《おび》えてるみたいで、いつもよりも神経質になってた……。お父さんが合法的《ごうほうてき》な仕事の他《ほか》にもなにかやってるのはなんとなく気づいてたけど……それを、ジョーンズおじさんが持ちかけたってことも」

やはりジョーンズがキーパーソンか。

「いったいどんな仕事だったの？」

「くわしいことは知らない。雰囲気とか勘《かん》とか……そんなのだけだもん。お父さんは、ものすごく秘密主義なの」

父親のことを無意識に現在形で話すユカがいじらしかった。

「じゃあ、なんにせよ、なんらかの事件に巻きこまれる可能性はないわけじゃないのね」

「……ただの被害者じゃないってことですか？」

「それはまだわからないけど……」

「自業自得《じごうじとく》ってこと？」

私は首を振った。

「情報を握っているのはジョーンズ氏よ」

「なにも知らないはずはないけど……」

「帰りに寄ってみようか」

ユカがいることが吉《きち》と出るか凶《きょう》と出るか。

「え？」

「方角は違うけど、今なら会社に戻ってるかもしれないわね」

「ひょっとして、まりなさんのお手伝いができる!? 行きます！」

そんなに目を輝かせなくてもいいのだが。


「相変わらずひっそりしているわね」

一応明かりはついていた。誰かはいるらしい。昼間の男でなければいいけど――と思ってオフィス内に入ると、誰もいなかった。

「いつもこんなもんだったと思いますよ」

「そうなの？　ユカちゃん、よくここに来た？」

「いえ、そんなでもないけど……でも、いつ来てもあんまり人がいないなあって……」

ユカが奥の社長室のドアをすぐに開けようとするのを、私は制止しようとしたが、その前にユカが動きを止めた。

「中から話が聞こえる……」

「え？」

耳をドアにつける。男と女が言い争っていた。

「まったくとんでもないことをしてくれたわ。おかげでこっちのプロジェクトが遅れてしまったじゃないの」

「そんなことは俺の知ったことか。そっちこそ、俺の都合《つごう》を考えてくれてないじゃないか」

「ほんと、自分勝手な男ね」

女は吐き捨てるように言った。

「なにも何億も寄こせって言ってるわけじゃない。一億――いや、五千万でいい」

「私たちに銃を向けておいて、よくそんなセリフが言えるわね」

「当たり前だ。誰のせいで俺が追い込まれていると思ってるんだ」

「自業自得でしょ？」

「お前、俺にけんか売ってんのか？」

少しだけ沈黙《ちんもく》が流れたのちに聞こえた女の声は、身震《みぶる》いするほど冷たかった。

「あなたこそ私とやる気なの？　安藤はともかく私に手を上げればどうなるかわかってる？」

その言葉を聞いて、男の声は懇願《こんがん》するような口調に変わった。

「なぁ、頼む。助けてくれよ。お前らにはずいぶんいい話を回してやっただろう？　あの屋敷や会社を手に入れたのだって、俺の汚《きたな》い仕事で稼《かせ》いだからだ。それは間違いじゃないだろ？」

「とにかく、決めるのは安藤よ」

「奴はもう俺のことを見放してる。完全にな。もうあんたしか頼れないんだよ」

「残念だけど、私にはなにも決定権はないわ」

「くそ、これだけ人が頼んでるのに、ダメの一点張《いってんば》りかよ」

「自分の力でなんとかするのね」

男は何かを叫《さけ》んだ。聞き取れない、と思ったが——それは英語での罵《のの》りだった。

「俺が殺されるんなら、お前らも道連れにしてやる。お前らだけいい思いはさせないからな」

「ご自由に。ただ、それができればだけどね」

沈黙が続いた。男が歯がみしている顔が目に浮かぶようだった。

「じゃあね、負け犬さん」

女のほうが奥の部屋から出てくる。私はユカの口をふさいでオフィスにある机の陰に移動した。

ドアを開けた女が、一瞬顔をしかめる。気づかれた？

「いいか！　絶対後悔《こうかい》させてやる！　俺を見限ったことをな！」

「期待してるわ」

女は平然と言い放つと、そのまま出ていった。

浅黒い肌にすらりとした体躯《たいく》——きりりとした横顔が美しい女だった。さっきまで男相手に啖呵《たんか》を切っていたとは思えないような雰囲気だった。どこかで見たことがあるような気がしたが……わからない。

「ああ、びっくりした……」

ユカが消え入るような声でつぶやいた。

「ごめんごめん。今の人、誰だか知ってる？」

「ううん、知らない」

「そう。中にいるのはジョーンズさん？」

「うん」

ユカを机の下からひっぱり出し、改めてジョーンズのいる社長室のドアをノックする。

「誰だ!?」

ぎすぎすした声が聞こえた。

「こんばんはあ、ジョーンズおじさん」

私が入るよりも早く、ユカが飛びこんだ。

「ユカ！」

とたんにジョーンズの声が和《やわ》らいだ。

「よく来たな。少し顔色が良くなったみたいじゃないか。学校には行ってるんだろう？」

「うん。今日から行き始めた」

「そうかそうか。それはよかった。で、そちらの方は？」

さっき言い争っていたとは思えない物言いだった。昼間の男よりも、さらに日本語がうまい。

「捜査一課の法条よ。はじめまして、ジョーンズさん。昼間ここにいた人から聞いてませんか？」

「……ああ、聞いてるよ」

とたんにジョーンズの顔が、苦虫《にがむし》をかみつぶしたようになる。

「それで？　警察がなんの用だ？　ユカをダシに使ったって、もう知ってることはさんざん話したがな」

「夜にいきなり来て悪かったわ。今回はちょっと毛色《けいろ》の違うことを訊こうと思ってきたのよ」

「毛色の違う質問？」

「ずばり、あなたや藤井氏がやっていた仕事のことよ」

「なんだと？　……まさか俺を犯人だと疑《うたが》ってるわけじゃないだろうな」

「潔白な人がボディガードなんか雇うわけ？　昼間の人、どこに行ったの？」

「いちいち詮索《せんさく》するな」

「悪いわね。なるべく手短《てみじか》にすますから。ちょっとだけ教えてくれれば、それでいいのよ」

ジョーンズは、渋々うなずいた。

「実は藤井氏と同じような殺され方をした事件が二つあってね、私はその事件と藤井氏のつながりを探しているのよ」

「他に二人？」

「そうよ。新聞読んでない？　もっとも一人は今日わかったんだけどね」

ジョーンズの顔色が変わった。

「一人は江崎という麻薬ブローカーと、今日発見されたのが、森田という経営コンサルタント。この二人を知らない？」

「知らないな」

「二人とも拷問《ごうもん》されて殺されてるわ」

ジョーンズは、ユカを気にしながら、首を振る。

「本当に心当たりはないのね？」

「ああ」

けっこう手強《てごわ》い。

「話は変わるけど、あなた、命を狙われてるんでしょ？」

「余計なお世話だ」

「うちのほうで、あなたの命の保証をしてあげてもいいわよ」

「そんな取引みたいなこと、あんた一人の権限で可能なのか？」

「可能よ。藤井、江崎、森田と三人が殺されている。このぶんだと、犯人は目的を遂げてないと思うのよ。次の犠牲者《ぎせいしゃ》を出す前に、犯人を捕まえなくてはならないの」

「だが俺は、その事件とは関係ないぜ。あいにくとな」

「でも、命は狙われてるんでしょ?」

「だから、関係ないって言ってるだろ? それに、自分の命くらい、自分で護れるぜ」

強がっているだけだとわかったが、ここで押しても彼は折れないだろう。

「わかったわ。今日はこれで引き下がるけど、また明日来るわ」

「勝手にしろ」

私はきびすを返した。

「あ、じゃあ、ジョーンズおじさん、またね」

そう言ってユカがあわててついてきた。

「ああ、今度またゆっくりな」

ビルの外に出ると、ユカは大きなため息をついた。

「ちょっと怖かった……」

「命にかかわることだから、緊張しないわけないわ」

「けど、ジョーンズおじさん……強がってるのかなぁ。誰だって命狙われてるのって怖いでしょ? だからボディガードだって雇ったんだろうし……」

何か適当な理由をつけて連行して、むりやり保護するという手もある。けれど、その適当な理由がまだない。

「なんかほんと……急にあたしの周り世界が変わっていくみたい……」

ユカがぽつりと言う。

「ユカちゃん……」

「大丈夫。今度はちゃんとやります」

「なにをやるっていうのよ……」

まだお手伝いをあきらめていないらしい。

「さ、買い物して帰りましょう」

「うん」


帰ってから、さっそく弥生に電話をする。

「弥生？　どう？　今夜大丈夫？」

「大丈夫だ。いくつか料理も作っといたから」

それはありがたい。一人で作るとなると、とても自信がない。

「私の料理も食べてね」

「まりなの料理か……面白そうだな」

「面白いってなによ、面白いって……」

「ごめんごめん。じゃ、そっち行くよ」

ユカと大騒ぎしながら料理を作っていると弥生がやってきた。ユカが大はしゃぎで出迎えた。テーブルに料理を並べて、さっそく宴会《えんかい》だ。私たちはビール、ユカは残念ながらジュースだ。

「……やっぱりまりなの料理のセンスはよくわからないなあ」

「弥生さんもそう思います？」

「こら。二人で妙に気が合わないの」

お腹いっぱいになって、くだらないことを話しているうちにあっという間に夜は更《ふ》ける。ユカは、ちょっとビールをなめただけで、真っ赤な顔になる。

「弥生、なんだか機嫌《きげん》よくない？」

「え、そ、そうかな」

「小次郎とより戻った？」

「うん、まあ……なんとなく」

弥生はとてもうれしそうだった。

「やった！　まったくもう、あんたたちはじれったいんだからー」

「小次郎さんって誰？」

ユカの素直な疑問だ。

「弥生の恋人よ」

「へーっ。素敵《すてき》な人って気がする」

「違うのよ。もう両方とも意地っ張りで、くっついたり離れたりで世話が焼けるの」

「ま、まりな！」

「嘘じゃないでしょ」

「う、うん……」

「わー、なんか大人《おとな》って感じ」

ユカは憧《あこが》れの目で弥生を見る。

「まりなはどうなんだ。人のこと言ってるひまがあったら、自分のこと考えろよ」

「私はいいの。お国のためにがんばるから」

「嘘ばっかり」

「あながち嘘じゃないわよお。こんなスリリングなことってないわ。今時《いまどき》ない刺激とも言えるわね。普通に生活してちゃ手に入らないものよー」

「なんだか変態《へんたい》ぽいなあ、お前。倒錯《とうさく》してないか？」

「なんですってぇ!?」

「きゃはは、変態変態！」

ユカが奇声《きせい》をあげ始めた。そして、すぐにころんと眠ってしまった。

弥生との他愛《たわい》ない話は明け方近くまで続く。彼女とこんなふうに話していると、何だか自分

のいる世界が嘘のように思えてくるから不思議《ふしぎ》だ。彼女には早く幸せになってほしい。そして、いつまでも私とこんなふうに友だちとして話してほしいのだ。

そのときだけ、私は何も知らなかった頃に戻れるように思えるから。

Kojiro 8

「いらっしゃい。時間どおりね」

亜美が玄関のドアを開けてくれた。昼間は会社で働き、夜は家で家事をして……こいつに休むひまはあるんだろうか。

「安藤はたぶん、昨日と同じくらいに戻ってくると思うわ。だから、その前に夕食をすませて」

「ああ」

「彼が帰ってきてからだと、あなたが食事している間、安藤が一人になるから」

「わかった」

食堂には誰もいなかった。

「双子《ふたご》たちは？」

「もう食事をすませて、上に上がったわ」

「そうか。今日は静かに食事ができるな」

亜美がちょっと笑《え》みを見せる。

「食べないのか？」

「私はあとで食べるから。安藤のぶんの用意もあるし。でも、ちょっとコーヒーでもいただこうかな」

亜美は、俺の向かいにマグカップを持って座った。

「お口に合うかしら？」

「うん。なかなかうまいよ」

「よかった」

「大変だな……一人でこの家のことから、会社の仕事まで……」

「まあね」

「あんたがいなかったら、安藤も双子もなにもできそうにないな」

「そんなことはないわよ」

そう考えると、亜美はこの家にとって何なのだろうか。ただの秘書ではないことは確かだ。

「安藤が狙われるってことは……ひょっとして、あんたも狙われるってことはないのか？」

「私が？」

「いや、可能性としてだ」

「あるとしたら、どちらかというと美紀《みき》や美佳《みか》たちになると思うわ。彼女たちを人質《ひとじち》に、安藤の身柄《みがら》を要求することはありうると思う」

「あんたを人質にすることは？」

「あったとしても安藤は応じない。安藤からそう言われているし、私もそれを承知している」

「ほー、今時若いのにそこまでの忠誠心《ちゅうせいしん》を持ってるのは珍しいな」

しかし、実際にはそれが忠実に実行されるものなんだろうか。

亜美が言ったとおり、九時頃安藤が帰ってきた。書斎《しょさい》で顔を合わせる。

「調子《ちょうし》はどうだ？」

「いつもどおりだ。特に変わったことはなかったが」

顔色が少し悪いようにも見えたが、声は元気だ。

「来客に変な奴がいたりとか、そういうのもなかったのか？」

「そうだな……特には。もうよくわからんがね」

「仕事を休んで一週間ここで過ごすということはできないのか？　あんたなら適当な理由をつけて一週間くらい休んだって、別にどうってことはないだろう？」

「いや、事態は君が考えているよりちょっと複雑でね——一週間後には、この国を発たねばならんのだ」

それはかなり急なことではないか。

「会社はどうするんだ」

「売却を進めているところだ。ある程度進めたら、あとは部下や他の役員に任せてしまうつもりだ」

「完全に貿易業からは足を洗うと……」

「仕事から離れれば、もうこんなやっかいごととは決別《けつべつ》できるからな」

そこまで考えなければならない事態だったのか。俺はさらに気をひきしめた。

今日はまだ双子と顔を合わせていなかった。また美紀に憎《にく》まれ口をきかれると思いながらも、確認のために子供部屋へ向かう。

「あっ、小次郎！」

ドアを開けると、美佳が笑顔で声をあげた。

「聞いて！　今日はすごくたくさん勉強したの！」

「そうか。それは偉い偉い」

「小次郎も勉強した？」

「俺はもう大人だから、勉強はしないんだ」

「あー、美佳もいつもはそう！　だから、今日はすごいの！　すごいって言って」

「すごいすごい」

「やったー」

美紀が俺たちのやりとりを苦々《にがにが》しげに見つめていた。

「一日勉強してたのか？」

「うん」

「この部屋で？」

「うん。亜美がいないときは、ここにいるように言われてるの」

鍵でもかけられているのでは、と思ったが、そんなまさか。

「外で遊んだりしないのか？」

「えー、外ぉ？」

「外に出ると安藤に叱《しか》られるんだもん。あたしたち、一度も外に出たことないわ」

「おいおい、ほんとかよ……」

「外かぁ……行きたいなあ……。美佳、かけっこしたい！」

「そんなことしたら、美佳の身体、壊れちゃうよ」

「えぇー!?」

「ほんとなんだから」

美佳はしゅんとなってしまう。いじわるなのか、と思ったが、美紀の顔は真剣のようだった。

この子たちは、とても身体が弱いのかもしれない。

「じゃあ、原っぱの上でお弁当」

「美佳にはそれくらいがいいかもね」

美佳の機嫌がとたんに治《なお》って、にこにこし始める。俺がほっとして視線をそらすと、美紀のしかめっ面が目に入る。

「今夜もいるのね。てっきり安藤は夕べ殺されたと思ったのに。さっさと殺してきてよ」

「頼まれた仕事と反対のことしてどうすんだよ」

「あたしたちを自由にしてくれればそれでいいのよ」

今は確かに窮屈《きゅうくつ》そうに見える。

「全部あの安藤って男のせいなんだから」

「親をそんなふうに言うもんじゃないぜ。安藤は安藤で、お前たちのこと気遣《きづか》ってる」

「嘘よ。だいたい実の子供でもないのに」

「……ま、家庭の事情は俺が口出すことじゃないがな」

「銃、持ってるんでしょう？　あんたが安藤を殺せば、万事《ばんじ》解決するのよ」

「おい、いいかげんにしろ。血がつながってないとしても、お前を育ててくれたんだぞ。親にそういう態度をとるなら、もっと考えてからにするんだ」

美紀は冷ややかな目で俺を見つめている。

「大丈夫だよ。一週間後にはこんな狭いところからはおさらばだぜ」

「なに？」

「安藤は仕事をやめて、外国で暮らすそうだ。そしたら、こんなところでくすぶる必要もないだろう？　自由にのびのび暮らせばいいさ」

「外国？」

「そうだ」

「……なんてこと……」

美紀の顔が、突然蒼白《そうはく》になった。美佳が不安そうな顔をして彼女を見ている。

「おいおい、もっと喜んだらどうなんだ？」

二人からの返事はなかった。俺は首を傾げながら、子供部屋を出た。

ジョーンズが侵入できたということは、入ろうとすれば外から敷地内にはわりと簡単に入れるということだ。門や塀《へい》には、鍵以外の特別な細工《さいく》はない。防犯ベルや監視《かんし》カメラなどもつけたほうが――と思ったが、たった一週間だけのことでは躊躇《ちゅうちょ》もするだろう。だから俺を雇ったに違いない。

だが、家の中への侵入は、かなり難しいはずだ。昨日安藤が撃たれたのは、自ら外に出たせいだし、玄関の鍵は複数個あるし、窓には鉄格子《てつごうし》がはまっている。平べったい身体の奴でなければ、窓からの侵入も無理だろう。

とにかく、家の中への侵入は阻止《そし》しなければ——そう思って、回遊魚《かいゆうぎょ》のように家中を回っていたとき——。

「なんだ——?」

庭に人影が見えた。裏庭だ。俺は今、二階のテラス側の窓際にいる。影から判断すると、女のようだ。顔がかすかに見えるが——。

俺は素早く階段を下り、庭に出る。銃のセーフティをはずし、裏庭に回った。

誰もいない……

念のために敷地内をくまなく見回るが、さっきの人影はもうどこにもいなかった。

一通り家の中も見回る。双子も亜美もすでに眠っていた。家の中に、他の人間の気配は感じなかった。

急いで安藤の書斎に行く。彼はまだ仕事を続けていた。

「今、庭に人がいたぜ」

「なんだと?」

安藤の顔に、緊張が走る。

「家の中の様子をうかがっている感じだった。もしくはカメラかなにかでこっちを撮《と》っていたのかもしれない」

「どんな奴かまで見えたかね」

「外人の女っぽかったな。かなり背が高かったが」

「外人？」

「ああ、ちらっと顔立ちが見えた。髪は黒っぽかったが。心当たりあるか？」

安藤は考えこんだ。

「わからん。仕事柄、外国人と接点を持つことはざらだからな」

「あんたにとって、外人も烏合《うごう》の衆《しゅう》の中の一人ってことか」

もし実行犯の一人であったら、今晩来るってこともありえる。

「とりあえず、家中の電気をつけて、家の中をなるべく明るくする必要があるな」

「その辺は任せよう」

「まあ、どこまで素人《しろうと》の浅知恵《あさぢえ》が通用するかはわからないが……」

俺は、ＬＤＫの電気をつけて回り、二階の廊下の電気をつけに行った。双子の寝室の前を通りかかったとき、中から話し声が聞こえてきた。さっきは寝ていたのに……この騒ぎで起きたのか？

ドアを軽くノックして、細く開けてみる。双子は話に夢中《むちゅう》のようで、気づきもしない。俺はそのまま聞き耳を立てた。

「……だから、あたしたちだけでなんとかしなくちゃいけないのよ」

「えー、そんなのできないよぉ……」

「でもやらなくちゃ。あたしたち、どんな目に遭うか」

「また、なにかされるの？　美佳、痛いのいやだよ」

「安藤はあたしたちを外国に連れていくって」

「外国ぅ？」

「きっとあそこよ」

「え⁉」

「あそこってどこだ？」

俺はドアを大きく開けながら、口をはさんだ。美佳と美紀が同じ顔をして振り向いた。

「小次郎⁉　いつからそこにいたの？」

「えっと、あたしたちだけでなんとかしなくちゃ……ってとこから」

「盗み聞きなんて大人として恥《は》ずかしくないの？」

「俺はちゃんとノックしたぜ？　返事がなかったから、入っただけだ」

「嘘。聞こえなかったもん。わざと小さくノックしたんでしょ」

わざとってわけじゃないのだが。

「そんなことしてないって」

「あなたの仕事はボディガードなんでしょ？　あなた自分でも言ってたわよね、家庭の事情は関係ないって」

「あぁ」

「じゃあ、さっきの会話は忘れてよ」

「ま、基本的にそれには合意するが——俺の仕事にかかわるんなら、もちろん干渉《かんしょう》させてもらうぜ？　美紀、特にお前は安藤を憎んでいるみたいだが……お前らが安藤になにかしようっていうんなら、当然俺は出しゃばる」

「……そんなことない」

「声が震えてるけど？」

「子供相手に得意げになっちゃって、バカみたい。いいからもう、出てってよ」

「はいはい。美佳、またな」

美佳に呼びかけたが、反応《はんのう》がない。立っているのに、目がうつろだ。

「美佳、どうした？」

「やだ、来ないで……近づかないで……」

「さっきの会話で昔怖い思いをしたのを、ちょっと思い出しちゃっただけよ。美佳が怖がるから、近寄らないで」

「こ、小次郎も怖い人？　痛いことするの？　美佳、やだよ。注射もしないし、お薬も飲まないんだから」

「美佳、黙って」

「美紀……怖い、怖いよ……やだ……」

これ以上、美佳には話しかけないほうがいいかもしれない。

「早く出てって」

「わかった。邪魔したのは俺が悪かったよ。もう遅いから、早く休め」

「言われなくてもそうするわ」

「美佳……寝る……」

美佳は美紀の腕の中で目を閉じようとしていた。

さっき人影が見えた窓から下をのぞく。何も見えない。下に下りようとすると、亜美が部屋から顔を出した。

「寝てたんじゃなかったのか？」

「ベッドに横になってたんだけど、うとうととしかできなくて……」

確かにこれで侵入者の話をすれば、亜美は本当に眠れなくなるだろう。

「ちょっと話していいかない？　昨日のことがあるから、こんなことほんとは言っちゃいけないんだけど」

「少しぐらいなら大丈夫さ」

俺は亜美の部屋に入った。

「子供たちは？　さっきちょっと話し声が聞こえたけど。美佳と美紀がどうかした？」

「あぁ。さっき見回りのついでに様子を見に行ったんだが……なんか神経質になっているというか……美佳のほうはなにかに怯えているみたいだし。ありゃいったいどうしちまったんだ？」

「……時々なるのよ。気にしないで」

「それで片づけられるようなものでもないように思うが」

亜美は言葉を選びながら、ぽつぽつと話しだす。

「……簡単な言葉で言えば、心に傷を持ってるというか……情緒障害《じようちよしようがい》っていうのかしら……私はあんまりくわしくないけど……。ひどいときになると、ヒステリー状態になって、なにを起こすかわからないわ」

「おいおい、教育係、しっかりしてくれよ」

医者に見せなくてもいいのだろうか。

「実は、教育係は別にいたのよ」

「二人の相手をしきれなくなって、やめたのか？」

「いいえ、死んだわ」

死んだ？

「私の後輩の女の子だったんだけど、私が秘書で、その子が双子の面倒を見ていたの。一年くらいたってからかな……その子、階段から落ちてね。頭からまっさかさま。動かなくなったその子のそばで、あの双子はずっと見つめてたわ。ちょうど双子が精神的に鬱《うつ》になってしまっていた頃に起きた事故だったんだけど……」

「まさか二人が殺したって言うんじゃないだろうな」

「今となってはもう検証のしようもないけど……でも……二人の表情が今でも忘れられないわ……。恍惚《こうこつ》に満ちた……いえ、違うわ……なにかまるで別人が乗り移ったかのような……相手は子供なのに、妙に背筋《せすじ》が凍《こお》るような恐怖感があったわ」

そのときのことを思い出しているのだろうか。亜美の表情が歪《ゆが》んだ。

「警察や医師の判断は？」

「いえ、うちのお抱えの医者に事故死ってことにしてもらったの。スキャンダルは避けたかったし、あの頃もいろいろあって」

「あの双子がね……」

かわいそうと言えばかわいそうだが……。

「それにしても、安藤はまだ仕事してるぜ？　大変だな」

「そうね」

「外国に行くんだって？　亜美も一緒に行くのか？」

「もちろんよ。私は安藤商事の秘書というより、安藤左衛門の秘書なんだから。向こうに行っても法的な手続きがいるし、まったく無収入でいるわけにもいかないから、のんびり過ごしながら、できる仕事をしようと思うの」

「どこの国に行くとかは決まってるのか？」

どうせ教えてはくれないだろうが。

「最終的に落ち着くところはいくつか候補《こうほ》があるの。決まったら教えてあげる。仕事が終わってはいさよならっていうのも淋しいでしょ？」

教えてあげる、という言葉が出ただけ進歩かもしれない。

「話し相手になってくれてありがとう。もう寝るわ」

下に下りようとしたとき、鋭い視線を感じて思わず振り向いた。双子の寝室のドアが細く開けられている。こっちを双子がじっと見ている。同じ目だ。当たり前のようだが、いくら双子でも、まったく同じ目というのは……気味が悪い。

「寝ろよ」

俺がそう言うとドアは閉まった。俺は思わずため息をついた。

空が白み始める。

俺は安藤の寝室のドアにもたれながら、ぼんやりとしていた。

何とか夜が明けそうだ。何事もなく。いや、まだ油断《ゆだん》はできないが……しかし、そう思ったとたんに眠気《ねむけ》が襲ってきた。

今、何時だろう。早く安藤たちが起きてこないか……。

「いかん……」

どこかからか、笑い声が聞こえた。

一瞬昨日の女かと思ったが、違う。女の子の声だ。身体が動かない。まるで金縛《かなしば》りにあっているようだった。

「こいつ、生意気《なまいき》よね」

「うん。生意気生意気」

「勝手に上がりこんで、でかい口叩《たた》いて」

「小次郎なんてキザな名前で」

双子？

カチカチ、と軽い音がしたあと、何かがしゅっ、と耳元をかすめた。

「うわっ」

「あたしたちが受けた苦しみは、こんなもんじゃないんだから」

「何度も何度も殺されたもんね」

「殺された？」

何だこの声。自分の声か。妙に落ち着いていやがる。

「あんたも安藤に荷担《かたん》するなら——あたしたちの苦しみを知りなさい」

「そうだそうだ」

「ほら——」

思わずうめき声が出た。いったい何を——!?

二人は楽しそうに忍《しの》び笑いを漏《も》らす。

「深入りしたら殺すわ。あたしたちにかかわったこと、後悔させてやるんだから」

かかわる？

「あたしたちにかかわったこと——」

「それは十字架《じゅうじか》を背負《せお》うことなんだよ」

「それを忘れないために」

「小次郎に印《しるし》をつけてあげる」

印……？　そんなものはいらない……お前ら……何をする気だ……

「やめろおお!!」

目を開けると、俺は廊下に大《だい》の字で倒れていた。あたりには誰もいない。

「……夢？」

起き上がると、腕に痛みが走った。

三日目

Kojiro 9

「なんだ、これは……」

俺《おれ》はシャツをめくり、自分の左腕《うで》を見る。肘《ひじ》の内側に、赤いみみずばれがあった。

「まさか……本当に？」

双子が斬《き》りつけたというのか？　しかし、血は出ていないし、シャツも破れていない。

「カッターの背でつけたのか……でも、なんのために？」

よく思い出そうとしても、何も浮かんでこない。まるで明け方の夢だ。

いや、本当に夢なのかもしれない。いくらなんでも、あの子たちがあんなことをするなんて……亜美《あみ》から過去《かこ》のことを聞かされたせいに違いない。

何か大切なことを忘れてしまったようにも思うが――どうしても俺は思い出すことができなかった。

昨日《きのう》は安藤《あんどう》と一緒《いっしょ》に出勤《しゅっきん》していた亜美が、まだ家に残っていた。

「どうしたんだ、今日《きょう》は会社を休むのか？」

「ええ。そのかわり、子供たちと出かけるの」

「小次郎《こじろう》、おはよー！」

おめかしをした美佳《みか》が元気よく階段を下りてきた。美紀《みき》はむっつりとしたまま、ゆっくり下りてくる。

「今日はお出かけなのー」

「どこ行くんだ、美佳」

「映画見て、お食事するの！」

「機嫌《きげん》いいな、美佳は」

「そりゃもう、うきうき～」

美紀はいつもと変わらず仏頂面《ぶっちょうづら》だ。

「それじゃ、もう出かけるわ。食堂に朝食用意しておいたから、食べてね」

「俺に留守番《るすばん》しろと？」

「玄関《げんかん》の鍵《かぎ》を渡しておくから」

亜美はざらざらと重たいキーホルダーを俺に渡した。

「じゃあ、また夜に」

「わかった」

「小次郎、行ってきまーす！」

美紀は玄関を出かけたが、すぐに戻ってきた。

「あたしたちの部屋に勝手に入らないでよ！　入ったらタダじゃおかないんだから！」

「へいへい」

「絶対だからね！」

美紀はしつこいくらい念を押して、出かけていった。


家には俺一人が残った。

たぶん亜美は、俺がこのままおとなしく帰るとは思っていまい。家の中を嗅《か》ぎ回るのはわかっているはずだ。

だったら、お望みどおりにしてやろう。

そう思い、家の中を徹底的《てっていてき》に漁《あさ》った。泥棒《どろぼう》のように荒らしたわけではないが、かなりていねいに見たつもりだ。

だが、何もなかった。あんなに「入るな」と言っていた子供部屋にも鍵がかかっていなかった。安藤の書斎《しょさい》の机だけは開かなかったが。鍵が見つからなかったし、無理に開けるわけにはいかず、その点は悔《く》やまれる。しかしそれ以外は、絵の裏も家具の後ろも、見られるだけ見たが、隠《かく》し扉《とびら》もなく、きれいなものだった。

俺は少し拍子《ひょうし》抜けする。これだけ探《さが》せば、何かしら見つかるだろうと思っていたのに。

俺は亜美の部屋でため息をついた。ここでもうやめよう。何も見つからない。

立ち上がり、元に戻し忘《わす》れたものはないかと見回したとき——それに気づいた。ドレッサーの上のフォトスタンド。亜美と安藤が写っている。天気のよい屋外《おくがい》での写真だ。二人とも笑顔《えがお》で、安藤は軽く亜美の肩《かた》に手を置いている。親密《しんみつ》で和《なご》やかな雰囲気《ふんいき》の写真だった。

それだけだったら、俺は目に留《と》めなかったろう。しかし、その背景《はいけい》が気になった。中東で撮《と》ったらしく、モスクの一部が写っている。

だから何ということはないが……なぜか胸騒《むなさわ》ぎがした。エルディアのことを思い出したからだろうか。

エルディアというのは中東にある小国だ。俺も少なからず縁《えん》がある。何より、女王と知り合いなのだ。行ったことはないけれども……。

プリシアは元気だろうか。

なつかしい名前を久しぶりに思い出した。俺はフォトスタンドを戻し、亜美の部屋を出た。

Marina 9

男は笑っていた。

私も笑おうとしたが、うまくいかない。

どうして彼は笑っているのだろう。どうして笑えるのだろう。私を——自分を殺した女を前にして。

「最後だけ、そんな目をしてもだめ」

私は本当にそんなことを言っただろうか。あのとき——父親を撃《う》ち殺したときに。

「うう……」

最悪な気分だった。完全に二日酔《よ》いだ。

「まりなさあん、起きてくださいよ」

ユカの声が頭に響《ひび》く。

「朝ごはん、勝手に食べちゃっていいですか？」

「いいわよ……好きにして」

「まりなさん、食べないの？」

「食べられない……」

胃がむかむかする……やっぱり歳なんだろうか。ユカは酒を飲まなかったから当たり前だが、それでもあの若さに嫉妬《しっと》してしまう。トーストしたパンをばりばり食べている。

元気なユカをまたさんざ説得《せっとく》して学校に送り、私は内調《ないちょう》に行く。

「なにか進展はあったかね？」

「全然。どうもきっかけがねー。手が少ないというか……とりあえずジョーンズくらい？」

「例の暗号《あんごう》は？」

「まだ解《と》けてないもの。それに、事件とは関係ないかもしれないし」

甲野《こうの》の机の電話が鳴った。

「まりなくん、君へだ」

「え？」

「アドリア・エスコヴェート女史」

アドリア・エスコヴェート――FBIの捜査官《そうさかん》で、私の古くからの友人だ。

「アドリア!? 久しぶりね」

「まりな、元気だった？」

「もー、すごく元気よ。どうしたの？ 仕事？ 日本にいるの？」

「そうよ。まりなに協力してもらいたいことがあって、電話したの」

「なに？」

アドリアは、現在追っているCIA局員とクエート大使を殺害《さつがい》した犯人《はんにん》のことを手短《てみじか》に説明する。

「その犯人が、日本に入国したらしいの」

「そうなの!?」

「くわしい資料を今から届けさせるから、見てくれる？　あとで連絡入れるから」

「わかったわ。できるだけ協力する」

「忙《いそが》しいとこ、悪いわね」

アドリアはさっさと電話を切った。

「殺し屋、ね……」

アドリアは「プロの殺し屋を追っている」とはっきりそう言った。ちょっと気になる。

「アドリアからここに資料が届くわ。ちょっと気になる資料だから――」

「わかった。目を通しておくよ」

「じゃあ、とりあえず、F&Dに行ってくるわ。ボディガードに手を引かせるから」

「暗号はどうするんだ……」

「そうね……とりあえずがんばってみるか」

何しろ手がかりが少ないのだ。

暗号に関しては、昨日からだいぶひねくりまわしたけれども、さっぱりわからないので、もうあきらめていたところだった。

けれど、手がかりになるかどうかは解いてみなければわからない。

「そうだ」

私の周りにいる人間の中で、仕事上の関係ではなく、信用に足り、こういう暗号にくわしそうな人間といったら——彼女しかいない。

私は港の埠頭《ふとう》に向かった。倉庫《そうこ》街《がい》はひっそりとして、朝の冷たい空気がまだ漂《ただよ》っていた。

「おはようございまーす……」

どこが入口だかよくわからない金属の扉を開けて、私は天城《あまぎ》探偵《たんてい》事務所の中に入った。

「どなた……？　あ……」

氷室《ひむろ》は幽霊《ゆうれい》でも見るような顔で、私を見ていた。

「お久しぶり、氷室さん」

「法条《ほうじょう》さん……」

「元気してるう？」

「あの、小次郎は今いないんですけど」

「なに敬語《けいご》使ってんのよ。昨日今日の仲じゃないでしょ？　ざっくばらんにいきましょうよ」

どうも氷室は私を前にすると緊張《きんちょう》するようだ。

「小次郎、今外出中で、もうすぐ帰ってくると思うんですけど」

「あー、いいのよいいの。どっちかっていうと、氷室さんに用があったんだから」

「私に？」

「そう。ちょっとこれ見てくれる？　私が担当してる仕事で、暗号のようなものを発見したのよ」

　私は例の紙切れを取りだし、テーブルの上に置いた。

「……なにかをコード化してあるわけね」

「おそらく。でも、暗号表や対応表はないわ。それ一枚なの」

「じゃあ、人間が見てわかるレベルじゃないかもしれないの？」

「それはわからないけど……とにかく解いてほしいの。法条まりなからの個人的な依頼《いらい》」

　思わず手を合わせる。

「わかったわ。文字数もそんなに多くないし、やってみる」

「できれば大至急《だいしきゅう》お願いしたいんだけど……」

「もちろん優先するけど……この手のは解ける解けないだから」

「できるだけでいいから……お願い！　契約書はないけど、ちゃんと依頼料は払うわ」

　氷室は私の必死の形相《ぎょうそう》に、ようやく笑顔を見せた。

「わかったわ」

「ありがとう、氷室さん！」

　これで解けたも同然——と思うのは、あまりにも安易《あんい》すぎるか。

Kojiro 10

「氷室。まだいたのか」

事務所に帰ると、氷室は今日も何やら仕事をしている。

「あ、おかえり、小次郎」

「帰るのが遅くなったから、もう帰ってるかと思ったよ」

「法条さんから頼まれごとがあって」

「法条が？ 来たのか？」

「ええ。ついさっき。この暗号文らしきものを解いてくれって」

氷室が差しだした紙切れには、手書きの数字とアルファベットが並んでいた。

「なんでうちになんか頼むんだよ。あっちこそ、そういうのが専門なんじゃないのか？」

「それもそうね。でも、お役所だから、実際に解析《かいせき》に回すと、何日も待たされるかも」

「だからってそんな……」

「小次郎は寝てればいいわよ。私がやるから」

「もしかして、また徹夜《てつや》したか？」

「っていうか、ここにはいたけど、仮眠《かみん》はしたわよ」

俺は紙切れをじっと見る。視界《しかい》がぼんやりして、いまいち定まらない。

「どう思う？」

「うーん……けっこう単純な暗号なんじゃないのかなあ」

眠い頭で思いついたことを言ってみる。

「単純というか古典的というか……数字とアルファベットを入れ替えてあるだけとかさ」

「ああ……シーザー暗号みたいな。けど、そんな簡単《かんたん》なものでいいの？」

「デコード表はないのか？」

「なかったって。だから、複雑なものじゃないんじゃないかと思って」

「乱暴《らんぼう》な手書きだからな。デコードが頭に入っている状態で書いたんじゃないかって気がする。

コンピュータで解くようなもんじゃなくて、ある程度すぐにわかるもんじゃないのかな」

法条がわからないからって、難しいものとは限らない。

「そうね……じゃあ、それでちょっと解いてみるわ」

「俺は寝るからな」

「おやすみ」

ベッドに倒れ込むと、一秒で眠りに落ちた。

Marina 10

暗号を氷室に託して、私はF&D通商に向かった。

今度はちゃんとノックして入ったが、やはりジョーンズはいない。大方金策《おおかたきんさく》に走っているのではないだろうか。

「またあんたか」

昨日いた男が、また私を出迎えた。

「今日はあなたに用があって来たのよ」

「ほお？」

「あなたのクライアントがどうなっているのか、知りたくない？」

「なんだ、どっかでくたばっているのか？」

「まだよ。でも、それも時間の問題。だから、あなたも雇《やと》われたんでしょうけど……たぶん、このままかかわっていれば、あなたも確実に死ぬことになるわ」

男は黙《だま》って私の話を聞いていた。

「それで？　俺にどうしろっていうんだ？」

「ジョーンズのボディガードからは降りたほうがいいってことよ」

「そうもいかないね。俺も生活がかかってるから」

「それは私のほうで保証してあげる」

私は男の目の前に、札束《さつたば》の入った封筒《ふうとう》を差しだした。男は目を丸くする。

「キャッシュで三万ドルよ」

「おいおい……なんだよこりゃ……。あんた、警察《けいさつ》じゃなかったのか?」

「別にどう思おうとかまわないけど、どうするの? 受け取る?」

男はしばらくじっと封筒を見つめたのち、そっと手をのばした。

「待って。あなたの名前は?」

「……ウォーレン・ヒルツ」

「わかったわ。嘘《うそ》を言うとためにならないわよ。あなたもこういう稼業《かぎょう》なら、どういうことになるかわかってるわよね?」

もうすでに、彼のことは他《ほか》の捜査員によって調べ上げられているだろうが。

「ジョーンズはなんに手を出したんだ?」

「知らないほうがいいんじゃない?」

というか、私たちにもまだわからないのだが。

「そうか……。わかったよ」

「そのかわり、条件があるわ」

「このまま姿《すがた》を消さないで。ジョーンズにボディガードは降りたとはっきり伝えてからにしてちょうだい」

「なに？」

男はいぶかしげな顔になる。

「それだけやってくれれば、このお金はあなたのものよ」

「わかったよ」

男は、三万ドルをふところに入れる。

「じゃ、ジョーンズによろしく。私のことは他言無用《たごんむよう》よ」

「わかった。誰《だれ》にも言わん」

本当に日本語がうまい男だ。

うまくいくかいかないか——血税《けつぜい》が無駄《むだ》になるかもしれないが、この際《さい》それはしょうがない。とにかく、ジョーンズを孤立《こりつ》させることだ。こっちに取りこめれば、そこから突破口《とっぱこう》が開く。

私は、もう一度江崎《えざき》の家と、森田《もりた》のマンション、そして藤井家《ふじいけ》に向かった。何度も現場を見ることで、何かが浮かび上がってくることはよくあることだ。けれど、江崎の家と森田のマンションは共に何も変わっていなかった。何も新しいものはない。

成果がないほうが精神的にくたびれる。藤井家に向かう途中《とちゅう》、私は公園のベンチに倒れこんだ。

「はー……疲れた」

朝から父親の夢なんか見るし——思い出したくないことばかり、頭に浮かんでくる。何も結果が出ない状態に、私は退屈《たいくつ》をしていた。食欲もない。

この街《まち》で一番大きな公園には、うららかな日射《ひざ》しがさんさんと降り注いでいた。噴水《ふんすい》には水があふれ、花壇《かだん》には花が咲き誇《ほこ》っている。平和な風景だ。この中で、一番薄汚《うすよご》れているのは自分だった。

そのとき、彼女らに気がついた。

噴水をはさんで反対側のベンチに座っている女性と女の子二人——あの女性は、昨日ジョーンズと言い争《あらそ》っていた女ではないだろうか。

女の子二人は、中学生くらいで、よく似た顔つきをしていた。たぶん双子《ふたご》だろう。何だか緊張した顔つきだ。誰かを待っているんだろうか。

すると、そこに一人の少年が現れた。女の子と同じくらいの年代だ。おずおずと女に話しかけて、ベンチに座った。

しばらく彼女たちはそこで話していたようだ。何を話していたのかはわからないが、見た目あたりさわりのない雰囲気だった。子供たちはお互いに興味《きょうみ》を持っているようだったが、親戚《しんせき》の子が集まっているようにも見えた。

そして、十分か十五分かそこらで少年は帰っていき、彼女たちも立ち上がった。公園の出口に向かうとき、突然その女性が私のほうを振り向いた。そして軽く会釈《えしゃく》したように見えたのは気のせいか？

私ははっとなる。何かが胸の中ではぜたように思えた。

私は、あの女性に会ったことがある。しかも、遠い昔に……。

あわてて立ち上がり、あとを追おうとしたが、もう彼女たちの姿はどこにもなかった。

Kojiro 11

俺が起きたとき、氷室はうれしそうな顔をして俺を呼んだ。

「なんだ？」

「わかったわ。小次郎の言うとおり、シーザー暗号だった」

「おお、そうか。法条には連絡したのか？」

「ううん。小次郎にまず見てもらおうと思って」

「なんで俺なんだよ。法条からの頼まれごとだろ？」

「だって……」

「まあいいや。で？」

氷室は、メモ帳を指さしながら、解説を始める。

「一応大ざっぱに書きだしてみたの。わからないところもあったけど、それはもう法条さんにも考えてもらおうと思って。とりあえず、浮かんできた文字はね――」

DJONES。氷室のメモ帳にはそう書かれていた。

まさか……デビッド・ジョーンズ……？

UZI、MP5、G3――。

「銃《じゅう》の名前だ」

そして、TMP。

「最初の数字は、国際電話の番号だ」

「つまり、各国の銃器を表してるわけね」

TMPの後ろには、SANUと続く。不自然だが、安藤を指している可能性は高い。

「法条はどこからこの暗号を手に入れたんだ？」

「さあ、それは聞いてないけど……」

そういえば、昨日法条は言っていた。武器商人の疑《うたが》いがある奴が殺された現場に行ってきたと。俺はあわてて今朝の新聞を広げる。

「あった」

森田秀明《ひであき》……経営コンサルタント……首を刃物《はもの》で切られて殺害……。

「こいつだ」

こいつが、ステアーを安藤に卸《おろ》していたのか。

「出かけてくる」

「あ、小次郎、どこ行くの？　法条さんにくわしいこと訊《き》かないの？」

「あいつが話すか。そいつの中身がわかっただけで充分だ」


セントラルアベニューのバーに行くと、バーテンが白人の男と何やら話していた。

といっても、昨日の黒人の男のような雰囲気はない。たまたま入ったバーで、ちょっと話がはずんでいるって感じだ。

「それで、そいつの胸ぐらつかんでやったら、もう真《ま》っ青《さお》になって――」

「ああ、そういうタイプの奴はたいていそうなりますよねぇ」

バーテンとは知り合いなんだろうか？

「ああ、天城さん、いらっしゃい」

男は、俺が来たことなど頓着《とんちゃく》しない様子《ようす》で笑っている。だいぶできあがっているらしい。ひとしきり笑って、ようやく顔を上げた。俺と目が合う。

「よう」

「……ども」

「見たところ、あんたも同業者かい？」

流暢《りゅうちょう》な日本語だ。

「どうだろうな。それはそっちの仕事によるけど」

「それもそうだ。ただ、こんな時間からこの店に入ってくるってことは、カタギじゃないと思ってね。そう、あんたの背中から感じられるオーラが物語ってる。あんたの正体《しょうたい》を」

だいぶご機嫌の様子だ。

「ずばり、殺し屋だ。殺してきた命は数知れず……今じゃこの界隈《かいわい》のちょっとした顔役」

「そこまで俺を買ってくれるのはありがたいが、残念ながらハズレだ」

「あちゃー、惜《お》しかったなあ」

大げさに驚《おどろ》いて、椅子《いす》から落ちそうになる。

「全然惜しくないぜ」

「つまらん奴だ。少しは合わせてくれてもいいのに。俺はウォーレン。ウォーレン・ヒルツだ。殺しから運び屋、ボディガードまでなんでもやる。裏稼業の便利屋だ」

「俺は天城小次郎。しがない探偵だ」

「探偵！　かっこいいねえ、やっぱり俺のにらんだとおり！」

どこがにらんだとおりだ、この酔っぱらい。

「この街に流れてきたのか？」

「いや、俺は仕事で来たんだ。ま、クビになっちまったがな」

「クビ?」

「クライアントがちょいとヤバいことやらかしたんでな、そのクライアントに手を貸せなくなったんだ」

「どういうことだ?」

「おいおい、くわしいことなんか話せるわけないだろう? でもな、簡単に言えば、あれだ、けんかを売っちゃいけないところに売っちまったのさ。まあ、こういうこともある。それがこの商売だ。そのかわり、あがりはでかい」

一人でどんどんしゃべっていって、口をはさむ余裕《よゆう》がない。

「この街にはまだいるのか?」

「わからんねえ……俺を必要としているところがあれば、だが。まだしばらくはいると思う。なにか困ったことがあったらなんでもやるぜ」

「ありがたいね」

「それじゃあな」

男は上機嫌のままバーを出ていく。クビになったのに、なぜあんなにうれしそうなんだ?

「今のは?」

「おととい初めて来た男ですよ」

本人が正体を明かしたので、バーテンの口は滑《なめ》らかだった。

「ボディガードをやってるんだと言ってましたよ」

「あらかじめ持っていたってことは、すでに奴には協力者がいるってことか」

「私を万が一のための取引先だと考えていたみたいですね」

「昨日の黒人といい、どうも外国のパワーが入ってきているような気がしてならないなあ。それはそうと、なにか進展はあったか？」

「いやあ、それが……いつも仕入れやってる人間と連絡つかないんですよ」

バーテンの情報《じょうほう》がなくても、もう俺にはわかってはいたが。

「そうだ。森田秀明って男を知ってるか？」

「森田……ですか？」

「表沙汰《おもてざた》にはなってないが、武器密輸《みつゆ》の嫌疑《けんぎ》がかかってる。もっとも、もう死んだけどな」

「ああ、ニュースになった首をカッ切られていた事件？」

「知らないか？」

「よしてくださいよ。そんなやばいことにあたしゃ首突っ込んでませんって」

「そうか……てっきりお前さんの武器調達《ちょうたつ》先かと思ってね」

「いえ、別の人間ですよ。あ、でも……ちょっと待ってください。私がいつも買い付けている人間のルートで、H.M.っていうのがあったんですが……イニシャルだとすると、当てはまりますよね」

「だが、あんたが買い付けている奴の名前は教えてくれないんだろう？」

「それぱっかりは商売ですから。そうだ、ついでに面白《おもしろ》い情報もありますよ」

「なんだ？」

「この街に流入《りゅうにゅう》している外国人は、非合法《ひごうほう》な連中だけじゃないみたいなんです。アメリカの捜査関係者も来ているそうです」

「大がかりだな。捜査となると警察か？」

「州警が来ることはないと思います。だからおそらくＦＢＩ」

「やっぱりなにかあるんだな……」

俺はカウンターに少し多めのチップを置いて、店を出た。

足は自然に安藤商事へと向いた。

鍵を返す、という大義名分《たいぎめいぶん》がある。俺は受付の前を素通《すどお》りし、七階に上がった。亜美はまだ双子と外出しているんだろうか。

社長室の前に行くと、英語なまりの女の声が聞こえた。

「隠し立てすると、ためにならないですよ」

詰問《きつもん》するような語気《ごき》だった。

「知らんものは知らんよ。あなたもしつこいですな」

安藤は鷹揚《おうよう》に答えた。

ドアをそっと開けて、中をうかがう。背の高い女が安藤の机に覆《おお》い被《かぶ》さるようにしてしゃべっている。その横顔には見覚《みおぼ》えがあった。

「あなたのやろうとしていることは間違ってます」

「それは世の人間が決めることだ。今ここで論じてもしょうがないと思うがね」

「れっきとした犯罪《はんざい》ですよ」

「そう言い切れるのかね？　捜査したければ、それなりの手順《てじゅん》を踏んでからにしたまえ」

「……まあ、ちょっと感情的になりすぎたわ」

「この件に関しては、元々国家レベルで——」

そこまで聞いたところで、俺は突然身体《からだ》が後ろに引かれるのを感じた。いつの間にか、壁際《かべぎわ》にぴったりと背中《せなか》をつけさせられている。

「いつまで聞き耳を立てているつもりなの？」

亜美だった。一瞬《いっしゅん》銃をつきつけられているのかと思ったぐらい、背筋《せすじ》に寒気《さむけ》が走る。

「来なさい」

亜美に苦もなく引っぱられ、俺はエレベーターホールへ連れていかれる。社長室からかなり離れて、ようやく亜美は俺の腕を離した。あざができているのではないかと思うくらい、腕はしびれている。何て力だ。

「双子はどうした？」

努《つと》めて平静《へいせい》を装《よそお》い、俺はたずねた。

「もう家に帰ったわ」

亜美も何もなかったかのように答えたが、すぐに表情《ひょうじょう》が険《けわ》しくなる。

「あなたの詮索《せんさく》好きにも困ったものね。あなたは安藤のボディガードをしてくれればそれでいいのよ。ここには来ないでって昨日言ったでしょう？」

「そうだったな。でも、鍵を返そうと思って」

俺は、キーホルダーを亜美に渡す。

「あんたはいないと思ったから、安藤のところへ行ったのさ」

「そう……言い訳がうまいわね。でも安藤は忙しいの。私が承《うけたまわ》りましょう」

挑戦的《ちょうせんてき》に亜美は言い放つ。

「社長室にいた女は？　安藤と二人っきりにしちまっていいのか？」

「ご心配なく。彼女は法の番人だそうだから」

「アメリカ人か？」

「そうよ」

「FBIとか？」

「本人がそう言ってたって、本当かどうかわからないけど」

やっぱりそうか。

「無茶《むちゃ》してるのがばれたんじゃないだろうな？　けっこうでかい獲物《えもの》とかやばいブツとか取引してるんだろ？」

「誰から聞いたのかしら、そんなこと」

「裏の界隈じゃ有名だぜ、安藤商事は」

亜美は意味ありげに微笑《ほほえ》んだ。

「氷室恭子《きょうこ》さん、だったかしら？」

「なんだ、突然」

「安藤商事の取締役を騙《かた》って我が社のサーバーに侵入してきたのは、すでにばれてるのよ」

「うっ」

しまった、言葉《ことば》に詰まってしまった。

「他にご質問は？」

俺は、うまい返事が見つからなかった。

「ないなら出ていってちょうだい」

Marina 11

藤井家を見ていても上《うわ》の空《そら》で、来た甲斐《かい》がない、と自分を責《せ》めた。

ユカの両親の寝室で、つい横になってしまう。

ベッドサイドのテーブルの上に、ユカの写真が置いてあった。

—まりなさん、さぼっちゃだめですよ—

そんな声が聞こえてきそうな元気のいい顔に、私は思わず顔がほころぶ。

しかし、そのとき私は気がついた。ユカの写真は微妙《びみょう》に曲がっている。近くで見つめて、初めてわかった。フォトスタンドを手に取った。

ユカの写真の下に、何かが隠してある。

私はフレームをはずした。ユカの写真の下から、もう一枚写真が出てくる。子供の写真だ。七、八歳くらいだろうか。船の上で撮った写真のようで、髪《かみ》が乱れている。背後《はいご》に遠く見えるのは、自由の女神のシルエットのようだった。

確か、ユカはニューヨークで生まれたと言っていた。内調の資料にも、十歳まで住んでいたとあった。これは、たぶんそのときの写真だ。

「でも……違う」

そう。その写真に写っていたのは、ユカではなかった。同じようにかわいいけれど、違う顔をしている。写真の裏にも、何も書かれていない。

私はもう一度、家中のアルバムをひっくり返した。ユカの写真がたくさんある。けれど、どれも中学からのものばかりで、小さな頃のものがない。内調の資料によれば、十歳の頃に火事に遭《あ》い、そのときの精神的なショックで二年ばかり学校には行かない時期があったそうだ。そのときに写真もすべて焼けたのだろうが——。

では、この写真の少女はいったい誰なのか。どうしてこんなところに隠してあったのだろう。

釈然《しゃくぜん》としないまま、私は氷室を再び訪ねた。

「あ、法条さん、いらっしゃい」

「どう？　例の奴は」

「解けたわよ」

「すごーい、さすがは氷室さん！　早く教えて！」

私の喜びように氷室は苦笑《くしょう》して、説明を始めた。

「この暗号は、ジュリアス・シーザーが使っていたとされるシーザー暗号という方法なの」

「へー、そんな古いものなの」

「そう。デコードの方法はきわめて簡単よ。とにかく数字とアルファベットの関係を調べなくちゃならないの。漢字でもできるけど、そっちだとやっぱり人間の頭だけじゃ無理ね。で、数字とアルファベットの関係っていうのを――」

「つまり、1だったらAで、26だったらZってこと？」

「そう。もちろんこれは一番単純な方法だけどね。そこで、その数字をずらすことによってより解読を難しくするのよ。そのずれた値を暗号鍵《キー》っていうの。この場合の暗号鍵はG＝1、つまり1が現れたらそれはGと見なせばいいわ」

氷室が見せてくれたデコード表を見て、私は思い出した。

「……これ勉強したわ。ずいぶん昔に」

「やっぱり……おかしいと思ったのよ。法条さんの仕事にとっては基礎知識でしょ？」

「いやあ、こういう古典的なのは、あんまりもう使わないから……」

と私は笑ってごまかす。

「で、これを元に少しだけデコードしてみた。例えばこの2449825１3は――D、J、O、N、E、S」

「なるほど……デビッド・ジョーンズってわけね」

「知り合い？」

「そういうわけでもないけど、私が追っている人物《じんぶつ》の一人よ」

「それとアルファベットなんだけど、これは逆に数字を表しているわ。でもこっちはずらしてないみたい。だから710EはMP5とか——」

「ああっ、銃の名前！　あっ、で、最初の数字は国際電話の国番号」

これで森田とジョーンズのつながりが見えた。しょっぴける口実《こうじつ》ができたというわけだ。

「ありがとう、氷室さん！　すごく助かったわ！」

「どういたしまして。こんなことでよければ、いつでもお手伝いします」

「請求書、うちのほうに回しといてね。それから、今度おごるから！」

「本当？」

全然信じていないようだが私は本気だった。一度ゆっくり彼女と話してみたいと思っていた。

私はその足でF&D通商に行った。ヒルツの姿はなく、疲《つか》れた顔のジョーンズがいるだけだ。

「またあんたか……」

「用心棒《ようじんぼう》さんはどうしたの？」

「ああ、あの男は……クビにしたよ」

ヒルツは約束を守ったようだ。

「あなたと森田のつながりを示唆《しさ》する書類が出たのよ」

「森田？　森田って誰だ」

とぼけているようだが、声が震《ふる》えている。

「今朝《けさ》の新聞見たでしょ？　首をカッ切られて殺された男よ」

「ああ、そんなこと、ニュースで言ってたな」

「彼は、武器密輸の疑いがあるのよ。うちが手に入れた書類によれば、あなたが彼から銃を仕入れてたのは明らかだわ。話を聞かせてもらいたいんだけど？」

「それは任意《にんい》か？」

そこまで気が回るとは。

「そうよ。でも、ボディガードもいなくなったことだし、もう一人じゃ護《まも》りきれないんじゃないの？　おとなしく保護してもらったほうがいいんじゃない？」

「任意なら、拒否してもいいんだよな？」

この期《ご》に及んでまだそう言うのか。

「そんなに死にたいの？」

「死ぬなんて縁起《えんぎ》でもない。俺は死なない」

どうしてそんなに強気《つよき》なんだろう。

「金策がうまくいったの？」

殺し屋を買収《ばいしゅう》するつもりなんだろうか。

「そんなのはあんたには関係ない。どうしても身柄《みがら》を拘束《こうそく》したいのなら、令状を持ってこい」

「……わかったわ。なにかあったら電話して」

私は、自分の携帯《けいたい》の番号を書いたメモをジョーンズに渡した。

内調に戻って、甲野に報告をする。

「たぶん、ジョーンズは今夜が山場《やまば》だと思っているのよ」

「というと？」

「おそらく今夜を乗り切れば、高飛びができるか、なにかしら時間稼《かせ》ぎができると踏んでいるのよ。本庁にあの暗号の情報を流しても、たぶん令状が出て執行《しっこう》されるのは明日《あした》になるだろうし。でも、もし彼の目論見《もくろみ》が失敗して、今夜中に片がつかなかったら、たぶん私にコンタクトをとってくるでしょう」

頼れるのが私だけになれば、彼はためらいなくそれを選択《せんたく》するだろう。今の段階で、私の手は弱いというだけだ。

「それはそうと、公安《こうあん》から面白い資料を仕入れてきた。平井《ひらい》が森田殺しの犯人として目星《めぼし》をつけている男だよ」

私は甲野が差しだした資料にざっと目を通す。推測される過去の犯罪歴、手口《てぐち》、逃走経路《とうそうけいろ》などが載《の》っていた。

「なに、もうこんなところまで追いつめているなんて……！　こんな特徴あるんだったら、うちのファイルにもあるんじゃない？」

「あったよ、おんなじものが。それから、これも」

甲野は写真を三枚見せる。みな同じ男が写っていた。

「公安とうちと、そしてこれがアドリアの資料にあったものだ。うちが撮ったものが、一番新しい。一カ月前のもので、場所は成田だ」

「アドリアからは連絡あったの？」

「あったよ。彼女も驚いていた」

推測されるだけでも五十件以上の殺人を犯《おか》していた。

「凄腕《すごうで》ってわけか……」

「殺しの手口はどれも同じで、ナイフを使う。政府関係者や大企業の役員、マフィアの幹部まで、なんでもござれだ」

「ＣＩＡにも平気でけんかを売れると」

「だが、これだけの暗殺を犯すには、当然一人では無理だ」

「そうね。後ろ盾《うしろだて》があるに違いないわ。なにか目的があって、彼を雇っているものがいると」

とりあえず、この街で起こっていることについては、何か共通点があるのではないだろうか。

「あ、そうだ」

すっかり忘れていた。

「本部長、この写真を見て」

「なんだね？」

「藤井家で見つけたの。フォトスタンドに隠してあったわ」

「子供の写真……？」

「ユカちゃんじゃないでしょ？」

「ああ」

「藤井家にはユカちゃんの他に子供はいるの？」

「いや、資料には載ってないけど？」

「調べてくれる？」

何だか胸騒ぎがするのだ。


ユカを学校に迎えに行って、家に帰る。今日はようやく静かに食事をすることができそうだ。

二人で料理を作り、ささやかな食卓《しょくたく》を囲む。ユカは何でもおいしそうに食べる子だ。作るはりあいがある。

だが、私は機会をうかがっていた。あの写真のことを、いつユカに切りだすか……。

だが、答を導き出すヒマもなく、携帯電話が鳴り響く。

「法条か？」

「そうよ、ジョーンズね？」

ユカがぴくんと反応をした。

「今すぐ来てくれ。早く」

焦《あせ》っているような声だった。

「どこに？」

「会社に……いや、会社はダメだ。どこか別のところに――」

「いったいどういう風の吹き回し？」

「いやな予感がするんだ……あいつが、こんな気前いいわけない――」

ぷつんと電話が切れた。

「もしもし？　もしもし!?」

「どうしたの？　ジョーンズおじさん、どうかした？」

「ごめん、ユカちゃん。私、これからF&Dに行ってくるわ」

「あたしも行く！」

「だめよ！」

撃ち合いになるかもしれないのに！

「お願い、連れてって！」

「わがまま言わないの！」

私はユカにかまわず、マンションを飛びだした。車に乗りこみ、発進させる直前に、ユカが転《ころ》がりこんできた。

「ユカちゃん!?」

「まりなさん、早く! 急いで!」

確かに急がなくてはいけなかった。仕方なく私は、ユカを乗せたまま車を発進させた。

F&D通商の前まで来たとき、ビルから一人の男が出てくるのが見えた。黒人だ。大柄《おおがら》で、精悍《せいかん》な顔立ちをしている。とっさにあとをつけようとしたとき、

「早く早く!」

ユカの声に、男はちらりと振り向いた。歩調《ほちょう》を変えずに、路地《ろじ》を曲がり、暗闇《くらやみ》に消えていく。

もしかしたら、あの男……!?

「まりなさん?」

「いいわ、ユカちゃん。中に入りましょう」

ビルの中は、静かだった。

F&D通商のドアの鍵は開いている。やはり遅かったかもしれない。

「……!」

中に入ると、ユカが息をのむ。血の臭《にお》いがした。社長室のドアが少し開き、そこからおびただしい血が流れていた。

「ユカちゃん、ここにいなさい」

ユカはかくかくうなずいた。

社長室の床《ゆか》に、ジョーンズは倒れていた。頭を一発で撃ち抜かれている。まったく……この街には幾人《いくにん》プロがいるというのだ。

おそらく、さっきの黒人の男が殺したのだ。あの男は甲野が言っていた殺し屋とは明らかに違う。だからこそ疑いが強い。あの殺し屋は、ナイフしか使わないのだ。

部屋は荒らされてもいないし、ジョーンズが抵抗《ていこう》した様子もない。ためらいなく銃を抜き、一切《いっさい》の懇願《こんがん》も聞かずに撃ち抜いたのだろう。

ジョーンズの机の上には、札束の入った封筒があった。五百万円ほどあるだろうか。これで買収をしようと思ったのだろうか。しかし、手がつけられた様子はなかった。金策は無駄に終わったらしい。

「安藤商事――」

封筒には社名が書かれていた。住所はこの街だ。ここから金が出たのだろうか。

「まりなさん……誰か来る」

「えっ」

コツコツとヒールが響く音が聞こえた。

「ユカちゃん、こっちへ」

「はいっ」

あわててユカと一緒に机の下に入り、私は様子をうかがった。女が入ってきた。あの女だ。ジョーンズと口論《こうろん》していた女。昼間、公園で子供を連れていた女。

彼女はためらいなく社長室に入り、ぴたりと足を止めた。驚く様子もない。ほんの数秒だけ立ち止まり、彼女はきびすを返した。

ユカを連れてきたのは、大きな失敗だった。あの黒人の男も、そしてこの女を追うこともできない。黙って見送るしかなかった。

そして、彼女が姿を消してから、さらなる落胆《らくたん》を味わうことになる。机の上に載っていた安藤商事の封筒がなくなっていたのだ。

「あぁ……」

私は頭を抱えた。

あの女にためらいなんて微塵《みじん》もなかった。彼女はジョーンズが殺されることを知っていたのだ。金でなど買収されない相手——あるいは、五百万なんてはした金では自分の命は売れない、と並の頭でも思いつくような状況だと知っていたのかもしれない。あいつは確かにそんな気前のいい奴ではなかったのだ。

「まりなさん……」

「ジョーンズは殺されるわ、犯人は尾行《びこう》できないわ、手がかりは持ち去られるわ……」

「もしかして……あたしのせいですか？」

「……そうよ」

ユカはしゅんと肩を落とした。

「これが私たちが直面《ちょくめん》してる現実なのよ。ユカちゃんは私の協力をしたいとはしゃいでいるけど……そこに転がっているジョーンズのかわりは、私でもユカちゃんでもいいのよ」

ユカは涙《なみだ》をこぼした。

「そこんところ、わかった？」

「……はい」

「わかればいいの。じゃあ、外に出て、本部長と警察に連絡しましょう」

Kojiro 12

「何度も言わせるな！」

安藤の書斎から、怒鳴《どな》り声《ごえ》が漏《も》れた。

「そんなことは私にもわかってる」

どうやら電話をしているようだった。

「もう私たちしか残っていないんだ」

残ってない？

「だからそれはうちで引き取ると言ったのに——それは確かに……わかってる。私だってつらいんだ」

話の内容を察《さっ》するのは難しい。何を引き取るというんだろう。

「警察なんかのレベルではない。もう少しの辛抱《しんぼう》なのに——」

ぷつりと話が途《と》切《ぎ》れた。気づかれたか？

「人が来たので、いったん切るぞ」

やっぱり。

俺は開き直ってドアをノックした。

「邪魔《じゃま》だったかな？」

「そうだな。邪魔だったが、まあ電話を切る理由にはなった」

「そんな切りたい相手だったのか」

「そういうわけじゃない」

安藤の表情から真意《しんい》は読みとれなかった。

「ところで、昼間来たそうだな。出られなくて悪かった」

「いや、誰かと言い争っていたようだったからね」

「ああ、また見苦しいところを見られたね」

「俺に見間違いがなければ、あの女は昨日の夜、この家をうかがっていた奴だぜ」

「そうか……。彼女は、私を狙《ねら》っている者を追っている者らしい」

意外そうな顔もせず、安藤はそう言った。

「ということは、あんたの味方じゃないか。ＦＢＩだと亜美も言ってたし」

「世の中そううまくはいかないものでな。あの女の狙いは、私を狙っている者と同じだよ。私が殺《や》られる前に寄こせと言ってきた」

「そのほうがいいんじゃないか？　少なくとも命の保証はされるんだろ？」

「いや。ここまでやってきたんだ。あとは店をたたんで、その土俵《どひょう》から降りるだけだ」

「武器の密輸からは足を洗うということか？」

安藤は黙って俺をにらんだ。

「できるだけ集めた情報から、それが見えてきたよ。いったいなんで、誰にけんかをふっかけたのかを知りたい」

「武器でも麻薬《まやく》でもない」

「というか、それだけじゃないってことか？」

「違う。次元《じげん》が違うということだ。とにかく君が考えているようなことではないとだけ言っておく。知れば、君の命にかかわる」

「それは、あんたが土俵を降りるまでだろう？　それとも、知れば俺がそれを引き継ぐとでもいうのか？」

「引き継ぐ、か……うまいことを言うな」

安藤は薄く笑った。

「そのとおりかもしれんな……連鎖《れんさ》は私のところで断《た》ち切らねばならん」

「なんなんだ、いったい……」

「知らなければいいというだけのことさ。仕事と割り切ってやってくれ。私はもうすぐ双子とともに旅立つ。あの子たちは、二人で一人だ。これからも、一人では生きていけないかもしれない。でも、だからってこんな籠《かご》の鳥のような生活をずっとさせることは、私の本意《ほんい》ではない。日本から出れば、学校に行かせてやれるようになるだろう。家政婦でも雇って、のびのび暮らすつもりだ。それでやっと、亜美と君は自由になる」

「亜美は連れていかないのか？」

「彼女は一人でも生きていけるし、生きなくちゃならんのだ」

「それは亜美も承知《しょうち》しているのか？」

安藤は首を振ったが、

「承知しなくても、置いていく。もう私のような老いぼれの世話はしなくていいんだ」

固い決意がこめられた口調《くちょう》だった。

結局何も聞きだせず、俺は安藤の書斎を出た。

亜美が、ドアの前に立っていた。空《から》になった食事のトレイを持っている。

「聞いてたか？」

「ええ、まあね」

声に表情がなかった。そのまま背を向けて、歩きだした。

「あんたは、安藤と一緒に行きたいのか？」

「ええ」

短いが、断固《だんこ》とした返事だった。安藤と同じくらい。

「あんたと安藤の関係は……ただの社長と秘書じゃないな？」

「そんなの、あなたには関係ないでしょ？」

「いや、どういう関係かじゃなくて――あんたたちは、なにかで結ばれている。そうだろ？」

恋人かもしれないし、親子みたいなものかもしれない。戦友ってことだってありえる。二人で戦っていることは確かだろう。

「あんたの部屋にあった写真を見て、そう思った」

「そう……」

「あれは中東で写した写真だろ？」

「そうよ」

「もしかして、エルディア？」

亜美は歩みを止め、振り向いた。

「どうしてそう思うの？」

「俺もあそこに縁があるのさ。行ったことはないけどな」

「安藤は、あそこでだいぶビジネスを展開しているの。他の企業があまり手をつけていなかったから、進出するのは比較的楽だったわ」

「そうか……」

亜美の反応《はんのう》が微妙に変化したようだった。エルディアには何か因縁《いんねん》があるのだろうか。わざわざあの写真を選んで飾《かざ》っていることにも意味があるのか？

けれど、本当はそんなことは考えたくない、というのが本音《ほんね》だった。国の安定を図ろうとしているプリシアの苦労《くろう》に安藤が少なからず手を貸してやっている、と思いたい。

「あんたは、どういう経緯《けいい》で安藤と知り合ったんだ？」

「母と知り合いだったの。もっとも私が生まれたときには死んでいたけど」

「そうなのか……」

「父もいなかったから、ずっと施設暮らしよ」

「悪いことを訊いちまったな」

「いいのよ、そんなこと。施設での暮らしは大変だったわ。もう思い出したくもないくらい」

「いや、無理に話さなくていい」

俺がつらいと思うくらいだから。

「でも、死んだ母がいろいろ残してくれてね、必死に勉強したの」

「そうか……」

「双子たちには、私みたいな思いを味わってほしくないって思ってるんだけど……うまくいかないものよね……」

亜美はそう言って、淋《さび》しそうに笑った。


「こんばんわっと」

子供部屋に顔を出すと、美佳がぱっと立ち上がった。

「こんばんわぁ、小次郎。今日はお出かけしたんだよ」

「そうか。なにしたんだ？」

「映画見てー、お食事してー、公園で一休《ひとやす》みしたの。そこでね——」

「美佳っ。余計《よけい》なこと言わないの」

美紀があわてて口を押さえる。何だ？　公園で何があったんだ？

「なんて映画見たんだ？」

「美紀、なんだっけ？」

美紀は、美佳の問いかけにも顔を上げなかった。美佳はまったく気にせず、話を続ける。

「なんかねえ、恐竜《きょうりゅう》が出てきた」

「恐竜じゃないわ、怪獣《かいじゅう》よ」

「怪獣と恐竜、どう違うの？」

「全然違うでしょ？」

「えぇー？　美佳には同じに見えるぅ」

結局何を見たのかはよくわからない。

「楽しかったか、美佳」

「うん、楽しかったー。また行きたい」

「そんなの、考えるだけ無駄よ」

美紀が冷たく言い放つ。

「なんなの？　見回りだけなら早く帰ってよ」

「いや、用はあるさ。訊きたいことがあってね」

「なになに〜？」

「今朝、亜美と話をしたら、お前らのこと定期的に外に出しているような口調だったけど、お前は確か昨日、外に出たことないって言ってたよな、美紀？」

「ああ、そんなこと」

何てくだらないことを、と言うように美紀はため息をつく。

「亜美は時々だけど、私たちの言うことを聞いてくれることがあるの。外に出られる日が決まってるわけじゃないわ。今日みたいに気まぐれで出してくれるのよ。だけど、あたしと美佳二人だけで外に出たことは一度もない。これはほんとだよ」

「亜美は、前に行ってた学校でいろいろあったって言ってたぜ」

「だからそれはカモフラージュだってば。誰だって学校に行かせたことありませんなんて聞いたら、この家庭はどうなってるんだって思っちゃうでしょ？」

「じゃあ、お前たちが学校に通っていたっていうのは嘘なんだな？」

「さあ？」

美紀は面白そうに笑った。小娘《こむすめ》に翻弄《ほんろう》されている。

「お前らはいったいなんなんだ。なぜここにいる？　本当の親はどうしてるんだ？　誘拐《ゆうかい》でもされてきたのか？」

半分ヤケクソである。

「親は死んでるよ。うーん、なんかそれとは違う。死んでるんだけど、生きてる……」

美紀は急に真剣な表情で言い始めた。

「生きてるんだけど、目に見えたり手で触《さわ》ったり、抱きついたりすることはできないの」

「なんだそりゃ。どこか遠いところにいるとか、そういうことじゃないのか？」

「違うの。もっと違う基準」

「わからん……」

「わからないの？　なんで？　やっぱりあなたってバカね。亜美ならわかってくれるのに」

思わず言葉に詰まる。同じような境遇《きょうぐう》ゆえの共感なのか？　でも、俺だってガキの頃に両親を亡《な》くしてる。親代わりの奴はいたが、そいつだってもう死んで――。

「じゃあ、一つ教えてあげる。たぶん、あたしたちの親はあなたに会ったことがあると思うわ」

「え？　俺の知り合いなのか？」

「だから、そんなこととは違うのよ」

「じゃあどうして？」

「なんとなく」

「あのなぁ……」

俺は思わずため息をついた。

「でも、そうとしか表現できないんだもん」

「お前とはなにを話しても疑問《ぎもん》が増えるだけだな」

美紀はぷいっと横を向いた。

四日目

Marina 12

「ただいまー！」

少女は玄関《げんかん》に入るなり、ランドセルを投げ捨て、家の中に駆《か》けこんだ。

「お母さん、帰ってきたあ？」

奥に向かって呼びかける。

「お母さん!?」

「まりな」

「あっ！」

少女は奥から姿《すがた》を現した女性に飛びつく。

「お母さん、お帰りなさい！」

「ただいま、まりな。ちゃんといい子にしてた？」

「うん。遅刻《ちこく》もしてないし、宿題《しゅくだい》も忘《わす》れてないよ」

二人は、居間《いま》のほうへ移動する。

だめだ。

「けんかもしなかったし、先生の言うことも聞いたし――」

そっちに行ってはいけない。

「ほんと？　お母さん、うれしいわ」

お母さん。

「おみやげ、いっぱい買ってきたわよ」

逃《に》げて、母さん……！

「わーいわーい！」

お母さん……！

「まりな、伏《ふ》せて！」

居間のガラスがばりばりと割れる。少女は突き飛ばされ、部屋の隅《すみ》に転《ころ》がった。

「お母さん!!」

私はベッドの上で起き上がっていた。全身汗《あせ》びっしょりで、胸《むね》は激《はげ》しく波打っている。

ユカは、ベッドから落ち、安らかな寝息《ねいき》を立てていた。まだ朝は遠い。

「お母さん……」

私は声もたてずに泣きだした。少女の頃のように。

Kojiro 13

安藤《あんどう》の書斎《しょさい》から妙《みょう》な音が聞こえたのは、日付《ひづけ》が変わって間もなくだった。

俺《おれ》がのぞいたとき、彼はまだ仕事をしていた。ドアから顔をのぞかせた俺に振り向き、

「何時《なんじ》だ？」

とたずねた。時間を言うと驚《おどろ》いた顔をして、

「そんなにたってたのか。でも、まだ目途《めど》がつかんのだ」

と笑った。そして俺がドアを閉め、五分もたたないうちに――。

「安藤？　どうした？」

咳《せ》き込むような声が聞こえた。そして、ドスンと何かが落ちる音。

「安藤！」

俺はすぐに中に入った。安藤が床《ゆか》に倒れている。駆け寄り抱き起こすが、ぐったりしている。

「安藤！　どうしたんだ!?」

部屋の中に妙な臭《にお》いが充満《じゅうまん》していた。香《こう》をたいたような臭いだ。ガスとは違うが……何だ？

「安藤！　返事をしろ！」

いくら声をかけても、何も反応《はんのう》はなかった。手首の脈《みゃく》をとる。……止まっていた。胸元《むなもと》には血が付着《ふちゃく》しているが、それは口から吐《は》いたものだろう。顔色は黒ずみ、苦悩《くのう》の表情《ひょうじょう》がはりついている。

「警察《けいさつ》……！」

いや、それよりも亜美《あみ》に――。

「どうしたの？」

廊下《ろうか》のほうから亜美の声がする。

「亜美……」

「なにかあった……あっ」

亜美の顔が、みるみる蒼白《そうはく》になる。

「亜美……安藤が……」

彼女は、何も言わずに駆け寄った。安藤の身体《からだ》を俺からひったくるようにして抱きかかえる。

「なんてこと……そんな……！　ここまで来たのに……まさか……」

亜美は呆然《ぼうぜん》とつぶやき続ける。

「誰《だれ》が殺《や》ったの？」

「わからない。寸前《すんぜん》まで俺は安藤としゃべってたんだ。ドアを閉めて、苦しそうな声が聞こえるまで、何分もたってない。でも、そのときには死んでいたんだ」

「そんな……バカなこと」

「俺もわからん。ひょっとしたら、自殺の可能性だって――」

「そんなこと、絶対ないわ！　絶対……もう少しなのに、そんなこと……！」

「おい、落ち着け。警察を呼ぶか？」

「警察なんか、呼べるわけないじゃないの！　なんのためにあなたを雇《やと》ったと思ってるの!?」

「しかし……」

亜美は泣いていた。

「なんでそんなに落ち着いていられるの？　それとも、あなたが殺したの？」

「おい、しっかりしろよ」

亜美は肩《かた》をつかんだ俺の手を振り払った。

「あなたの仕事は終わったわ……」

安藤家かかりつけの医師がやってきて、しかるべき処置《しょち》をしてくれた。偽《にせ》の死亡診断書を作成し、亜美に手渡すと約束をする。

「死因《しいん》は薬物《やくぶつ》の可能性があるよ」

医師は言う。

「うわべの診断だから、言い切れるわけじゃないけど」

「毒かなにかってこと？」

「そうだね。でも身体には特に傷はなかったから、注射とかじゃなくて、経口《けいこう》か吸引《きゅういん》か……」

そういえば、安藤の書斎に入ったときの独特な臭いは何だったんだろう。

医師が帰ったあと、亜美は疲《つか》れきった様子《ようす》で、食堂の椅子《いす》にストンと腰《こし》を下ろした。そのまま、呆《ほう》けたように動かない。

話しかけても、聞こえていないようだった。しばらくそっとしておくしかないだろう。双子《ふたご》にも話さなくてはならないだろうが——けれど二階は静かで、双子が起きた気配《けはい》はなかった。朝までそっとしておくほうがいい。

俺は、安藤の書斎に入った。死体は隣《となり》の寝室に寝かされている。主《あるじ》を失った部屋なのに、何も変わっていないように——。

「あれ……？」

変わっていないように見えたのに、なぜか違和感《いわかん》があった。もう一度見回してみる。何かが足りないように見えるのは、気のせいなのか？

「あれだ……」

磨《みが》かれたパイプが額《がく》の中にきれいに並べられ、壁《かべ》にかけられている。そのパイプが、今は六本しかない。本当は七本あったはずなのに。

あれはウィークパイプというのだ。一週間、どの日にどのパイプを吸うのか決められている。

安藤は、あのパイプを仕事の合間に吸っていたのだろう。

安藤は、あのとき仕事をしていた。まだ目途が立たない、と言っていた。もうひとがんばりするつもりだったのだ。そのためにパイプを吸い、気分転換《きぶんてんかん》を図ろうとした——。

俺は、安藤の机の下を調べた。あった。あの額に入っていたパイプが落ちている。

ここでかいだ臭いは、パイプ煙草《たばこ》のものだったのだ。しかし、あんなひどい臭いの煙草なんてあるのか？

『身体には特に傷はなかったから、注射とかじゃなくて、経口か吸引か……』

医師の言葉《ことば》が甦《よみがえ》る。まさか——？

俺は、安藤の寝室に入った。ベッドに寝かされた安藤は、ただ眠っているようにも見える。悪夢《あくむ》を見ているだけなのかもしれない。揺《ゆ》すれば、目を覚《さ》ましてもおかしくないように見えた。けれど、そこにあるのは死体なのだ。

俺は安藤の口に鼻を近づける。まだ臭いは残っているだろうか。

「やっぱり……」

かすかにローストしたようなアーモンドの臭いがする。さっきかいだばかりの臭いだ。青酸《せいさん》化合物《かごうぶつ》のガスは、アーモンドの臭いがするって話をどこかで聞いたことがある。たぶん使われた毒物《どくぶつ》は、青酸の一種なんだろう。

犯人は安藤がこの部屋でパイプを吸うことを知っていた。どのパイプがどの曜日か知っていれば、日にちを指定することも可能なのだ。そして、青酸化合物を手に入れられる人間——。

真っ先に浮かんでくるのは……いや、そんなバカな。

結論《けつろん》を出すのはまだ早い。敵がどれだけ安藤のことを調べているのかわかってはいないのだ。

俺は、安藤の机を調べることにした。当然開かない引き出しをだ。亜美にとがめられるだろうが、もう持ち主《ぬし》はいないのだ。このままにしておくよりはましだ。

俺は引き出しの鍵《かぎ》を壊《こわ》し、中を見た。

大したものは入っていない。ほぼ空《から》といってもよかった。安っぽいプラスチックの小さなケースが一つと鍵が一本、転がっているだけだ。

鍵はいったいどこのなのか……書斎の中だけだが、くまなく探《さが》した。けれど、怪《あや》しいところは何もない。

鍵はとりあえず後回《あとまわ》しにして、ケースを開けた。中には——指輪が一つ。銀製で、真ん中に妙なくぼみがある。くぼみの周りには、細い溝《みぞ》があった。

中指にはめてみると、少しゆるかった。人差し指にはめると、ちょうどいい。男物だ。たぶん、安藤の中指にならちょうどいいくらいの。

このくぼみは何だろう。何かがはまっていたのだろうか。宝石か？　そうだとすれば、かなり大きなものだ。壊れた指輪を、安藤はこうやって大事にとっておいたのだろうか。何か思い出の品なのかもしれないが——。

亜美を捜《さが》すと、彼女は食堂にいた。茶色い液体が注がれたグラスをあおっている。

「酒になんか逃げてる場合じゃないぞ」

「あなた、まだいたの？」

きつい言葉だが、声に力はなかった。

「もうあなたの仕事は終わったと言ったでしょ……お金はあとでちゃんと払うから、帰ってちょうだい」

「そういうわけにはいかない。安藤が殺されたトリックがわかったぞ」

「だからなんなの？　なにか状況が変わるとでも言うの？」

「いや、それは……」

「それがわかったからって、あの人が帰ってくるとでも言うの!?」

亜美は、テーブルに突《つ》っ伏《ぷ》して泣きだした。

俺は、なぐさめることもできず、かといってここを立ち去ることもできなかった。

「安藤は、おそらく青酸化合物を吸引して、死んだんだと思う」

亜美は顔を上げない。

「あの壁のパイプに仕掛《しか》けられていたんだ。犯人は、安藤があのパイプを曜日ごとに吸うことを知っていた人間だ」

かまわずしゃべり続ける俺に、ようやく亜美は顔を上げた。

「そして、青酸化合物を手に入れられる人間……」

「なにが言いたいの？」

「いや……」

「私が犯人《はんにん》とでも？」

言いにくいことをあっさり亜美は口にした。

「そんな理由がどこにあるのよ……」

亜美は立ち上がった。俺に近寄ってくる。ふいに昨日《きのう》亜美につかまれた腕《うで》の痛みを思い出す。

とっさに逃げようとしたが、亜美のほうが早かった。亜美の片手が、俺の首にからみつく。何てことだ。片手のはずなのに……俺の首は、ぎりぎりと締《し》め上げられる。

俺は気が遠くなるのを感じた。何者《なにもの》なんだ、この女は。ただの秘書じゃない……ということは、安藤も……。

バタン
どこかでドアが閉まる音がかすかに聞こえた。ふいに俺は床にくずおれた。亜美が力をゆるめたのだ。

「誰っ!?」

亜美は安藤の寝室のほうに向かった。俺も咳き込みながら、あとに続く。

書斎のドアの前に、双子たちがいた。

「安藤は死んだの？」

美紀《みき》が言う。美佳《みか》は怯《おび》えたように美紀の後ろに隠《かく》れた。

「ええ……一時間くらい前に……急に血を吐いて」

「そう。ついに殺されたのね。いい気味《きみ》だわ」

亜美は息をのんだ。

「あんたはクビね。安藤を守れなかったじゃない。さっさとこの家から出ていきなさいよ」

「美紀、美佳……お部屋に戻りましょう……」

亜美は、双子を連れて二階に上がっていった。俺は一人取り残され、双子の部屋のドアが閉まる気配がしてから、安藤の書斎に入った。壊れた引き出しを開け、中のケースを取りだす。

指輪には、宝石がはまっていた。青い大きな透き通った石。さっきまでなかったはずの。

宝石をこするようにしてみると、少しずつ浮いてくる。宝石は、深いくぼみすべてを埋《う》めているわけではなかった。半分はカプセルになっていたのだ。

「そうか……」

書斎を飛びだすと、亜美は二階から下りてくるところだった。

「さっきは悪かったわ……。もうあんなことがないように、あなたは早く帰って」

「そういうわけにはいかない。こっちこそあやまらなきゃならない」

「え……？」

「俺は勘違《かんちが》いをしていた。すまん」

頭を下げた。

「なに？　どうしたの？」

「青酸化合物——たぶん青酸カリだが、それを持っていたのは、安藤自身だ」

「そう……それは知ってたわ。どこにあるかは知らなかったけど」

「隠していた場所は、安藤の机の引き出しの中の指輪だ。それに仕込んであった。よくスパイなんかが自殺用に持つものだ」

「青いサファイアの指輪？」

「石の種類までは知らないが——」

俺は、指輪を亜美に差しだした。

「憶《おぼ》えがあるわ。昔はしていたから」

「医者が帰ってから俺がそれを見つけたときには、宝石はなかったんだ。だが、今見たら、はまっていた」

亜美は何も言わずに指輪を見つめていた。

「それは……あなたがやったんじゃないわよね……？」

「動機《どうき》は？」

動機なんてなくたって殺人はできる。けれど、俺以外の人間に動機があるのなら……。

亜美の唇《くちびる》から、嗚咽《おえつ》が漏《も》れた。

「どうして……どうして、あの子たちが……!?」

Marina 13

まんじりともしないまま、空が明るくなってきた。

ユカは、相変わらず床の上だ。けれど、毛布を身体に巻き付けて、気持ちよさそうに眠《ねむ》っていた。起こさなければ、いくらでも寝ていそうだ。

私は、もう一度ベッドに横たわったが、一向《いっこう》に眠気はやってこない。外が明るくて、もう眠れそうになかった。

「ママ……」

ユカが寝言《ねごと》を言った。母親の夢を見ているようだが、少し笑っているようにも見える。まだいやな夢も見るだろうが、せめて夢の中くらい、楽しく両親と話せれば……。

私は、枕元に飾《かざ》られたユカと両親の写真を取った。幸せそうな写真だ。私にはこんな写真は一枚もない。あったかもしれないが、今は持っていないし、欲《ほ》しいとも思わない。

私たち家族は、殺し合ったようなものだった。もう思い出したくもない。

「ユカちゃん……いいなあ」

私はフォトスタンドを枕元に戻した。そのとき……ふとユカの言葉を思い出す。

『これ持ってると、お護《まも》りになるってパパが言ってたから』

お護り？　そりゃ確かに、これを見れば気持ちは落ち着くだろう。がんばろうという気にもなる。でも……藤井《ふじい》氏はそれだけのためにこれにそんな言葉を託《たく》したのか？

私はフォトスタンドの裏をはずした。ユカの写真の下から出てきたもう一人の少女の写真——そのときとそっくり同じに、もう一枚写真が出てきた。

「……これは……」

四人の男が写っていた。右端《みぎはし》に藤井氏、その隣には……桂木源三郎《かつらぎげんざぶろう》。中東の小国エルディアの元情報《じょうほう》部員で、弥生《やよい》の父。小次郎《こじろう》を育てた男。そして——私の恋人。今はもうこの世にいない、最後の恋人……。

あとの二人はわからなかった。でも、これはどこか宮殿のようなところで撮《と》られているように見える。かなり古い写真だ。

「まさか……藤井氏も……？」

私はようやく合点《がてん》がいった。足元に置いてあるユカのバッグを探《さぐ》る。決して肌身《はだみ》離さず持ち歩いていたものだ。その中から、二二口径《こうけい》の銃《じゅう》が出てくる。

これは……おそらく藤井氏がユカに持たせたのだ。自分の身を護るようにと。藤井氏もユカも、身の危険を察《さっ》していた。せめてユカだけでも生き延びられるようにと、これを渡したのかもしれない。どういう理由かはわからないが、ユカはこの銃で自分の家を撃《う》った。犯人に撃つべき一発を、そのままにしておけなかったのかもしれない。

私は銃をそっとバッグの中に戻し、写真だけを取って、フォトスタンドを元通りに直した。

Kojiro 14

「あなたたち……」

双子の部屋に入った亜美は、言葉もなかった。

「まだいたの？　クビなんでしょ、もう」

美紀は俺に向かってそう言い放つ。美佳は疲れたようにベッドに横たわっていた。眠ってはいないようだ。

「俺は別にそれでもかまわないんだが……やっぱり安藤がどうして殺されたのか、はっきりさせたほうがいいと思ってね」

「そんなのもう、どうだっていいでしょ？」

「安藤を殺したのが、彼を狙《ねら》っていたという外部《がいぶ》の人間なら俺の出る幕はないだろうな」

「他《ほか》になにがあるのよ？　狙われてたのは確かじゃない」

「でも、狙っていたのは安藤の命じゃない。安藤が握《にぎ》っていたあるものだ。それを手に入れるためには、殺すわけにはいかないんだよ」

美紀は目を見開いた。

「やっぱり子供だな、美紀。引き出しの鍵が壊れてること、気にしなかったのか？」

「な、なにが言いたいの？」

「亜美も承知《しょうち》している。今さら説明をくり返す気はない。ただ一つ問題なのは、安藤を狙っていた者は、まだ安藤が死んだことを知らない。そして、安藤の死を知ったときの行動は想像に難《かた》くない」

「なによ？　死んだものはしょうがないでしょ？　そいつらが殺したに決まってるじゃない」

「バカ言うな。安藤を殺したのはお前らだ」

「証拠《しょうこ》は？」

美紀はあくまでも強気《つよき》だったが、そんなのにかまっているひまはなかった。

「安藤が死ねば次に狙われるのは安藤により近い者だ。亜美か、あるいはお前たちなんだよ」

美紀の表情が固まった。美佳はベッドの上で起き上がった。

「わからなかったのか？　今までは安藤という隠れ蓑《みの》があったが、お前たちが安藤を殺したことによって、それが取り払われてしまったんだ」

「み、美紀……」

美佳は涙声《なみだごえ》だった。

「ふ、ふん。そんな脅《おど》しなんてあたしたちに通用するもんですか」

そう言いながら、美紀の顔は蒼白だった。亜美が一歩前に出る。

「本当に……本当にあなたたちが殺したの？」

「……そうだよ」

美紀はしばらく黙《だま》ったのち、認《みと》めた。

「だって、当然じゃない」

「なんてことを……！」

「これで自由だよ。あたしも美佳も、そして亜美も。あいつさえいなくなれば——」

「黙りなさい！」

亜美は美紀の頬《ほほ》に平手《ひらて》打《う》ちをくれた。美佳が喉《のど》の奥からひきつった悲鳴《ひめい》をあげた。

「え……？」

美紀は、ぽかんとしている。何が起こったのか理解できないらしい。

「亜美……なんで……？」

「もう少しで本当の自由が手に入ったっていうのに……あんたたちは……！」

「どういうことだ？　亜美……」

「出るわよ」

亜美は俺の腕をつかんで引っぱった。

「あ、おい！」

「私がいいというまで、ここから出ることは許さないわ」

「亜美！」

　美紀が追いすがるが、

「私の言うことが聞けないの!?」

　美佳がまた悲鳴をあげる。美紀は顔をこわばらせ、後《あと》じさった。呆然とした美紀の鼻先で、ドアは閉まった。

「もう、朝ね」

　亜美についていくと、彼女は庭に出ていく。裏のガレージは、ジョーンズに壊されてから開いたままだった。残った車――アルファロメオを亜美は指さした。

「特別ボーナスよ」

「報酬《ほうしゅう》なんてどうでもいい。俺が知りたいのは真実だ」

「真実ね……」

　亜美は自嘲《じちょう》するように笑った。

「あの子たちが、あんなに追いつめられていたなんて……わからなかったわ……」

「まさか、殺すなんてな」

そう言いながら、俺はあの子たちの教育係が死んだときの話を思い出していた。それも、あの子たちが本当にやったのかもしれない。

「あの子たちは、私も安藤にむりやり仕《つか》えさせられていると思ってたのよ。そうじゃないって言っても、信じなかったし、それさえも安藤が言わせていると思ってたのね、きっと……」

「まだお前たちは狙われているんだ。このままでいいのか？」

「まるで守ってやると言わんばかりね」

「亜美がその気なら、俺はいくらでも協力する」

「あなたが安藤のかわりになるっていうの？」

——引き継ぐのか？　そう言った安藤の声が、脳裏《のうり》に響《ひび》いた。

「それは無理。あなたの持つ罪《つみ》と安藤の罪がまったく別なようにね」

「俺の……罪？」

「ううん、違うわ……〝記憶《きおく》〟というべきかしら」

亜美も双子と同じようなことを言う。俺にはわからないことばかり——それが安藤が言っていた『知ってはならないこと』なのか？

「私は明日《あす》にでも美佳と美紀を連れて、日本を発つわ」

「なんだと？」

「安藤がいないのなら、ここにいる理由はないもの。この車も安藤がいないのならば、あなたに乗ってもらうほうが幸せよ」

「売ればいいじゃないか。これだけ程度がよければ、二〜三百万になる」

亜美はふっと笑う。

「優しいのね」

「失敗した仕事で金をもらいたくないだけだ」

「失敗したわけじゃないわ。安藤を狙っていた者は、もう二度と彼を手に入れることはできない。それでいいのよ」

「どういう結果であれ、安藤が死んだことには変わりない」

「頑固《がんこ》な人ね……。あなたは、安藤にどこか似ているわ」

そうかもしれない。俺に『知ろうとするな』と言っていた安藤のようだった。

「あんな老いぼれと一緒《いっしょ》にするな」

「私にとっては、褒《ほ》め言葉なんだけどね……。いいのよ。安藤は最初から言っていたの。あなたにこの車、乗ってほしいって」

俺は返事をしなかった。

「せめて彼の遺言《ゆいごん》くらい、聞いてあげて」

「……わかったよ」

「ありがとう……ごめんなさい」

「亜美があやまることじゃないだろう？」

亜美は首を振る。

「それでも……ごめんなさい」


そのままアルファロメオに乗って、事務所に帰った。

氷室《ひむろ》はいない。今日《きょう》はいつもどおりに出勤《しゅっきん》だろうか。

俺は、ソファーにどさっと身体を投げだした。無力感にさいなまれる。最悪な結末《けつまつ》だった。しかも、最後まで何もわからずじまいだ。

安藤も亜美も何も知らなくていいというのはなぜなんだ。だったらなぜ俺に頼んだ？　何も知らない、関係のない人間に頼めばいいじゃないか。

ああ……そうか。

俺は突然思い当たる。

安藤は、本当に関係のない人間を巻き込みたくなかったのだ。命の保証など、最初からなかった。安藤自身、生きているのは単なる巡《めぐ》り合わせでしかない、と思っていたのだ。

それを、安藤は断《た》ち切りたい、と言った。だから、俺に何も言わなかったのだ。

けれど……そんなことは可能なのか？　そんな単純なものなのか？　亜美はそれを俺の〝記憶〟と言った。もう持っているものなのだ。捨てることはできない。何を捨てたらいいのかもわからない。

安藤は間違っている。断ち切るためには、知るしかないのだ。


「小次郎……おはよう」

氷室の声に、目を開ける。ソファーに座ったまま、眠っていたようだ。

「ああ、氷室か。おはよう」

「外にすごい車が停めてあったけど……。依頼人《いらいにん》が来てるのかと思ったわ」

「あれは、今回の報酬の一部だ」

「まあ、車までくれたの？　さすが、上《のぼ》り調子の会社はすることが違うわ」

氷室はいそいそとパソコンの前に座り込んだ。一瞬《いっしゅん》、すべてを氷室にぶちまけようとしたが、結局口から何も言葉は出てこなかった。安藤が、本当に関係ない人間を排除《はいじょ》しようとしていたのなら——俺もそうすべきなのかもしれない。

でも、そのためには、すべてを知らなければ。

「氷室……ちょっと出かけてくる」

「はーい。いってらっしゃい」

外に出ると、日射《ひざ》しがまぶしかった。もう昼に近い。

アルファロメオには乗らないで行こう。少し考えたい。

安藤商事に行くつもりだった。亜美がいるかもしれないが、もしいなかったら……この鍵がどこの鍵なのか、探すつもりだった。あの家でなければ、たぶん社長室だ。

そう思っても、俺の足はゆっくりとしか進まなかった。知りたいと思いながら、このまま何もかも忘れたい気持ちもあったからだ。知られることを恐れていた安藤の気持ちが、今頃になってわかる気がしてきた。そういう意味で、俺は立派《りっぱ》に安藤を引き継いでいるとも言える。

「いったい……安藤は、なぜ俺を選んだんだ……」

歩きながら、思わずつぶやく。

「安藤は、俺になにを期待していた？　……安藤に俺を紹介したのは……いったい……」

俺は、足を止めた。

「まさか……！」

安藤の指輪。自殺用のもの。『昔ははめていた』と亜美は言っていた。

「安藤は……諜報員《ちょうほういん》だったのか？」

そして、安藤商事はエルディアで事業を展開していた。とすると、俺を安藤に紹介したのは、ただ一人――。

「オヤッさん……」

桂木源三郎……あんたは、どこまでも俺の人生に割り込んでくるんだな。

Marina 14

午前中はユカとともに警察に出頭《しゅっとう》をし、ジョーンズ殺害《さつがい》に関しての事情《じじょう》聴取《ちょうしゅ》を受けた。

そのあと、ユカはおとなしく学校へ行った。

内調《ないちょう》に戻って、昨日の封筒《ふうとう》に書かれていた会社名——安藤商事の住所を教えてもらう。公安《こうあん》がいくつか内定をかけていたらしいが、証拠がそろわず、検挙《けんきょ》には至っていなかった。

「あの女の子の写真、調べてくれた？」

「ああ、それがなんだか変なんだよ」

「変って？」

「藤井氏にもう一人娘がいたかどうかはまだよくわかっていない」

「そりゃあ、昨日の今日ですもんね」

「だが、それだけじゃなくて、藤井ユカ本人のこともわからない」

本人のこと？

「藤井ユカの記録は、どこにでも残っているんだが、中学以前の彼女の顔が見えない」

「それって、写真がないってこと？」

「そうだ。というか、今のところ見つからないってことだが。でも、学校や病院などの公的機関にはないんだ。あとは友人や知人をしらみつぶしに当たるしかない。どうも意図的《いとてき》な匂《にお》いがするんだが——」

「そうね……意図的かもしれないわ」

あっさりと私は認めた。

「この写真を見てよ」

「これは……」

甲野《こうの》が顔色を変える。

「わかるでしょ？　これが藤井、隣は桂木源三郎よ」

「じゃあ、藤井もエルディア情報部の——」

「その可能性は高いわ」

「これ、調べてみるから」

「お願いね」

私は安藤商事に行って——あの女を捜そう。

Kojiro 15

安藤商事はひっそりとしていた。社長が死んだことは、もうみんな知っているんだろうか。

俺は、受付嬢の目を盗《ぬす》んで、七階に上がった。亜美はいないようだ。けれど、あいつのことだ、たぶん出社はしてくるだろう。その前にすませなければ。社長室はそう広くはないが、効《こう》率《りつ》よく探さなくては時間を食ってしまう。

俺は、部屋を見回した。俺の目にも既製品《きせいひん》に見えるものは排除する。怪しいのは、高級な家具だ。机、本棚、ソファー……。

あるいは、絵の裏に金庫とか。案外、机の引き出しなんて簡単《かんたん》なところかもしれない。別に大事なものが隠してあるわけではないかもしれないし。

しかし、机の引き出しの鍵ではなかった。中身を出して調べたが、何もめぼしいものはない。本棚もソファーもキャビネットも——鍵穴すら見つからない。

「机の引き出しなんて簡単なところでは……」

そうつぶやいてはっとなる。この机には、平たく長い引き出しがついていなかった。デザイン的につけなかったのだろう、と思ったが……厚みは充分ある。俺は机の下に潜《もぐ》りこみ、ペンライトで丹念《たんねん》に調べた。端《はし》のほうに、見えないくらい小さな鍵穴がある。鍵を差しこむと、ぴたりと合う。回すとかちりと何かがはずれた。

取っ手がないので、少しずつ、慎重《しんちょう》に手前に引きだす。

中からはたくさんのファイルが出てきた。

「これは……裏帳簿《ちょうぼ》じゃないか」

使途不明金《しとふめいきん》の詳細《しょうさい》な出納《すいとう》が記《しる》されているもの、兵器のリスト、銃器や弾丸のカタログ、輸出入のルートに——。

「麻薬《まやく》で手に入れた金を洗浄する方法まで……」

ジョーンズが片棒《かたぼう》をかついでいたらしかった。ルートはロシア、中国、カンボジア——膨大《ぼうだい》なコネクションだった。

これが安藤が狙われていた理由なのか？　この麻薬のルートや、金を洗浄する能力——それを欲《ほっ》した者がいた？

でも、それでは俺は何だ？　俺は麻薬のことなんか何も知らないし、使ったことすらない。俺には関係ないはずだ。

最後のファイルは、それまでとは少し違っていた。ぼろぼろで、少し古ぼけている。中を開くと、手書きの文字が並ぶ。外国語のようだが、ひどい悪筆《あくひつ》なうえ、かすれて、判読《はんどく》できなかった。何か他には——俺はページをめくった。

「写真……？」

水の中に裸《はだか》で横たわる二人の子供の写真だ。目は開いているが、無表情《むひょうじょう》だった。写真の下には番号が振ってある。

その子供たちは——美佳と美紀だった。羊水《ようすい》の中の胎児《たいじ》のように身体を丸めている。

「なんだ、これは……」

ファイルの間にはさんであった何かが落ちた。これも写真だ。

「オヤッさん……」

そこには、安藤と桂木が一緒に写っていた。他にも亜美の写真があった。一人で、病院のようなところで写されている。

やはり……安藤はエルディアの……。それじゃあ、まさかこれは……EVE……？

エルディアに眠る、御堂真弥子《みどうまやこ》。プリシアを母体《ぼたい》にし、たった一年で十八歳の少女として生まれ、元国王の記憶を植えつけられたクローン。

「作られたのか……美紀と美佳は……」

次のページにも女の子——目を閉じ、死んでいるように見えるが、これには見覚《みおぼ》えはない。

さらにめくると、中学生くらいの少年の写真が出てきた。

「あ、これは……男。これもEVEか？」

男だから、ADAMとでも言うべきだろうか。

そして、その次のページ——写真はそれで終わりだった。

「これは……」

亜美……!? いや、髪《かみ》の色が微妙《びみょう》に違う……。

「〝記憶〟に触《ふ》れてしまったわね、小次郎」

背後《はいご》で声がした。俺はゆっくり振り向いた。

「これが……安藤が狙われた原因なのか？」

しかし亜美は首を振った。

「違うわ。こんなものはただの資料よ。処分をしようと思って来たの」

亜美は俺からファイルを取りあげようとする。俺はそれを拒否した。

「ただの資料なら、俺がもらってもいいはずだ」

亜美は一瞬ひるんだが、

「もう私たちにかかわりを持たないと約束をするなら、あげてもいい」

と言った。俺は答えに詰まる。

「安藤がいないのなら、こんなのただの紙切れでしかないのよ。私と双子たちの存在《そんざい》だってそう。元々私たちには、出生届《しゅっせい》も戸籍《こせき》も——この世にはいない人間なのよ」

「亜美……お前もＥＶＥなのか？」

「ＥＶＥ……。そうね、そう思ってもいいけど……」

どうでもいい、という口調《くちょう》だった。

「私たちが日本を離れれば、すべて終わりになるはずよ。だから、あなたも終わりにして。これ以上このことにかかわれば、あなたの人生は台無《だいな》しになる」

「安藤のように？」

「安藤は、台無しとは思っていなかったわ」

「だったら俺だって思わない」

「そうかしら？　あなたは安藤を引き継ぐだけじゃないのよ」

その言葉に、俺はひるんだ。

「薄々《うすうす》わかっているんでしょう。あなたが引き継ぐのは安藤だけじゃないのよ。でもね、安藤はもうそれを断ち切るつもりだったの。そうしなければ私たちの人生も台無しになるから。それでもいい？　元々人間じゃないから人生なんて変だけど……生まれてしまったんだし……」

俺は何も言えなかった。これから彼女たちは逃げるのだ。俺の行為は、それを追うことと同じなのか？

「日本を離れれば、静かに暮らせるのか？」

「ええ、大丈夫《だいじょうぶ》。それは安心して」

「じゃあ……わかった。もう追わない」

亜美はようやくほっとした顔をした。

「ありがとう」

「そのかわり、明日空港まで送らせてくれ。このままじゃ、俺の気がすまない」

亜美はしばらく考え込んでいたが、やがて、

「わかったわ。十時五分発の香港《ホンコン》行きよ」

うつろな目でそう言った。

Marina 15

安藤商事の受付の壁には、昨日封筒に描《か》かれていた社章が飾られていた。

「いらっしゃいませ」

受付嬢は、汚《けが》れのない営業スマイルで私を迎えた。

「社長の安藤左衛門《さえもん》さんにお会いしたいんですけど」

「失礼ですが、お名前は？」

「警視庁捜査《そうさ》一課の法条《ほうじょう》です」

一瞬目を見開くが、すぐに手元の電話をとり、どこかへ連絡を取った。

「すみません、警察の方が社長に面会《めんかい》を……警視庁の法条さまです」

しばらくやりとりがあったのち、

「申し訳ありません、社長は今日出社《しゅっしゃ》をしておりませんので、秘書室長の栗栖野《くるすの》が用件をおうかがいしますが」

いないか……まあ、仕方がない。

「じゃあ、お願いします」

受付嬢は一階の小さな応接室に通してくれた。しばらく待ったのち、こつこつとヒールの足音が聞こえる。この歩き方のリズムは——。

「お待たせしました」

昨日のあの女が姿を現した。何とも簡単に会えたものだ。今までに三回会っているのに(昨日気づいたかどうかは不明《ふめい》だが)、彼女は初対面《しょたいめん》のような笑顔《えがお》を見せた。

「秘書室長の栗栖野亜美です」

「法条です。ご協力感謝いたします」

「どのようなご用件でしょう？」

栗栖野亜美と私は、向かい合わせに座った。

「今追っている事件のことで、ちょっとお聞きしたいことがありまして——実は昨夜、F&D通商という小さな商事会社の経営者が何者かに殺害されまして」

「F&D通商？」

「ええ。デビッド・ジョーンズという男で、銃で殺されていました。この会社の共同経営者も、一週間前に殺されています」

亜美は驚いたように眉《まゆ》を上げて見せた。

「まあ、怖いですわ。最近殺人事件が多いですわね。この街《まち》も物騒《ぶっそう》になったものですわ。でも、それと弊社《へいしゃ》がなにかかかわりあるんでしょうか？」

白々《しらじら》しい……。昨日の夜、死体を見ているくせに。

「それで今、F&D通商と取引のある会社をこうして回ってるんですが――」

「まあ、そうでしたの。弊社は多くの法人と取引をしておりますので、ちょっと記録を調べてみませんとすぐにはわかりませんが」

そんな取引のことなど、どうでもいいのだ。

「実は、その殺されたジョーンズ氏の机の上に、安藤商事の封筒が置いてあったんです。それでなにかご存じのことはないかと思いまして。机の上は片づけられていて、その封筒だけが置かれていたものですから、F&Dがもっとも最近取引をしたのが貴社《きしゃ》ではないかと思ってうかがったんです」

「封筒ですか？」

「ええ。中には現金が入っていました。五百万くらいでしたかね」

亜美は考えこむふりをしている。

「ジョーンズ氏がなにかに困っていたり、脅迫《きょうはく》されていたとか、もし貴社のほうでそのようなことを察知《さっち》していた方がいらしたら教えていただきたいんです」

「そうですか……。さっそくその会社の担当者に聞いてみますわ。こちらで調査するには、少し時間がかかると思いますが、明日までには返答できると思います」

時間稼《かせ》ぎだろうか？

「担当の方は、いらっしゃらないんですか？」

「まず、それが誰かを調査しなくてはわかりませんわ」

言い逃《のが》れがうまいこと。

「では、明日またうかがいますので、よろしくお願いいたします」

「お待ちしていますわ」

最後まで亜美の完璧《かんぺき》な笑顔を崩《くず》すことはできなかった。

Kojiro 16

事務所に戻ると、氷室はまだパソコンの前に座っていた。俺は朝と同じように、ソファーに倒れこんだ。

「どうしたの？　ずいぶん疲れてるみたいね。今夜、大丈夫なの？」

そうだ。氷室にはまだ何も言っていなかった。

「今朝《けさ》で例のボディガードの仕事は終わりになったよ」

「え？　どうしたの、急に」

「結果から言うと、仕事は失敗だ。依頼者である安藤左衛門は死んだ」

返事はなかなか返ってこなかった。

「それって……殺されたってこと？　いつ？」

「日付が変わってすぐだ」

「警察へは？」

「表沙汰《おもてざた》にしたくないから、元々俺に頼んだんだぞ。安藤お抱えの医者が死亡診断書をでっちあげて終わりだ」

「誰が殺したの？」

「ノーマークの人間だよ。……犯人は、安藤の身内《みうち》だ」

氷室はショックを受けたような表情になる。

「……じゃあ、安藤自身はまだ狙われてるってことよね。安藤は死んでしまったけど」

「だから安藤の身内は高飛びをするのさ。だから、今日で終わりだ」

「そうだったの……」

氷室が再びパソコンの前に座り込もうとするのを、俺は呼び止める。

「氷室。ここも今日は終わりだ。帰っていいぞ」

「え？　そんな、いいわよ。休むんなら小次郎のほうこそ――」

「違う。お前はしばらく来なくていい」

「……どういうこと？」

氷室の声は、聞き取れないくらい小さかった。

「お前は、ここでくすぶってなくたっていいんだよ」

「くすぶってるなんて……！」

「こんな場末《ばすえ》の探偵《たんてい》事務所で働くような女じゃないだろ、お前は」

「なによ急に……」

亜美の言うとおり、あの子たちがEVEとわかった時点《じてん》で、俺にはもう一つの記憶——父親がのしかかっていた。でも、俺はまだあきらめていない。すべてを知りたいと思っている。でも、亜美や美紀や美佳——もしかしたら、あのファイルに写っていた少女と少年の人生まで狂《くる》わせてしまうかもしれない……生きていれば、だが。

そのためには、一人にならないとだめだ。

「私はもう邪魔《じゃま》なの？」

「違う。そんなんじゃないんだ……」

安藤も亜美も今の俺と同じような気持ちだったのかな。

「とにかく今日は帰れ。俺も……どう説明したらいいのか、わからん」

「小次郎……」

氷室はしばらく立ち尽くしていたが、やがて事務所を出ていった。

しばらくして、電話の音で目が覚めた。俺はあわてて起き上がり、電話を取った。

「小次郎か？」

弥生の声だ。

「今夜も、例のボディガードの仕事なのか？」

「いや……今日はない」

「そうか。じゃあ、うちに夕食を食べに来ないか？」

弥生の声はうれしそうだった。一瞬、何もかも忘れて弥生の元に戻り、二人で昔のように暮らそうか——と思う。ささやかだが穏《おだ》やかな幸せを手にすることが、今の俺には許《ゆる》されている。たぶん亜美も安藤も、桂木でさえも、それが一番いいことだと言ってくれるだろう。誰も反対をしない、誰もが祝福《しゅくふく》してくれる選択《せんたく》だ。

でも、俺はそれを選ぶことができなかった。

「いや、今日はだめだ」

「どうして？　疲れてるのか？　じゃあ、私がそっちに行こうか」

「違うんだ、弥生……。今はだめだ……」

これ以上弥生の声を聞いていられなかった。

「……まさか……誰かいるの？」

「そんなんじゃない。でも……弥生、もう少し待ってくれ。俺は今、一人でいなきゃならないんだ」

意味不明のことを言って、さぞかし弥生は混乱するだろう。でも、俺にはそうとしか言えなかった。

「そんな……小次郎……いきなり、なに……？」

「ごめん、弥生……」

俺は受話器を置いた。電話はその夜、二度と鳴らなかった。

Marina 16

ユカの学校の前には、警官がいなかった。

いったいどうしたのだろう。見回りにでも行っているのだろうか。

学校内もひっそりしていた。私服《しふく》の刑事も見えない。教師すらいなかった。

いやな予感がする。

ユカの教室にだけ、明かりがついていたが——。

「ユカちゃん……お待たせ」

誰もいなかった。廊下にも人影《ひとかげ》はない。

「ユカちゃん——！」

返事はなかった。そのとき、足元に落ちているものに気づく。

「ユカちゃんのバッグ……」

中身がぶちまけられていた。フォトスタンドのガラスにひびが入っている。教室の隅には、あの銃が落ちている。

私は廊下に飛びでた。

「あっ……！」

廊下には点々と血の跡《あと》がついていた。まだ乾いていない。私はその血の跡を追って走った。

血は、屋上まで続いていた。私は銃を構え、扉《とびら》を蹴《け》破《やぶ》る。

「ユカちゃん!?」

屋上には、男がいた。細身《ほそみ》の身体に黒いスーツ。透き通るような肌《はだ》にプラチナブロンドのオールバック。あの公安の資料に載《の》っていた殺し屋。〝プリーチャー【牧師】〟と呼ばれる男だ。

「ほう、まだ生き残りがいたのか。それとも学校の先生かね？」

プリーチャーの陰には、後ろ手に縛《しば》られたユカがいた。頬に傷がある。

「おかしいな、張り込みの刑事は全部始末《しまつ》したはずなんだが――」

さすが――何カ国にもまたがって仕事をしているだけある。語学の天才らしい。

「恐ろしくて声が出ないかね？」

「あなた――」

「おっと動くな」

彼の持つナイフが、わずかに動く。グルカナイフだ。湾曲《わんきょく》した刃の先がユカの頬に近づく。

「その子を離して」

「バカ言っちゃいけないよ。この子は私の獲物《えもの》だ。そして、君もだ」

「あなた、プリーチャーね」

「おいおい、セリフを間違っちゃ困るね。質問者は私だよ。君はこの舞台《ぶたい》をわかっていないのかな？」

ふざけたことを言う。

「美しく血飛沫《ちしぶき》の舞う、華麗《かれい》な舞台だ。私は魔法使い。お嬢さん方に真っ赤なドレスを着せてあげるんだ」

「その子はなにも知らないわ。それに、まだドレスには早すぎると思わない？」

「いいセリフだ。だいぶのみこめてきたようだね。だが、似合う似合わないは私が決める。ドレスをデザインするのは私だ」

自分で自分のセリフに酔《よ》っている。

「その前に、その舞踏会《ぶとうかい》にふさわしくないものを捨ててくれないか？」

私ははっとして構えた銃に目をやる。

「この子の顔に不本意な化粧《けしょう》をさせたくないだろ？」

尖《とが》ったナイフの先が、ユカの頬に食いこむ。小さな玉のように血がにじんだ。

「わかったわ」

私は銃を投げた。プリーチャーは満足げに笑った。そして、ユカに向き直る。

「さて、話の途中《とちゅう》だったね」

ユカが息をのむ音が聞こえるようだった。

「少しは安心したかな？　君を助けに来てくれた人がいたんだからね。君を見てくれる人の前で、ドレスの試着《しちゃく》でもしてみようか――」

「い……いやっ」

「やめて！　その子に手を出さないで！」

「うるさい女だな。私はこの子と話をしているのだよ。邪魔をしないでもらえないかね。この子との話が終わったら、あとでじっくり話そう」

「本当にその子はなにも知らないの」

プリーチャーの表情が変わった。

「私は邪魔されるのが嫌いでね――もし邪魔するというのなら、そうだ、この子の指を一本ずつ切り落とすというのはどうだろう」

ユカの顔が蒼白になる。

「名案《めいあん》だろう？」

「やめて！」

「おっと、さっそく一本切り落とさなきゃな」

「いやー！　いやっ、まりなさん、助けて！　やめて!!」

私は叫《さけ》びたいのをじっとこらえた。

「ほお、よくしゃべらなかったな。素晴らしい。さっきのはサービスにしておこう」

ユカは涙《なみだ》をこぼしていたが、嗚咽を漏らすまいと必死に我慢《がまん》をしていた。

「君のお父さんは、とても大事なものを盗んでいるんだよ。それのありかを聞いているんじゃないか。簡単なことだろう？　知らないか？」

「そ、そんなの……知らない……ほんとに……」

「苦痛《くつう》は君のその頑《かたく》なな心を解放してくれる――。一つ味わってみるかね？」

「ほんとに知らない、なにもわかんないよ!!」

「仕方がない」

プリーチャーが、ナイフを振りかざしたとき――銃声《じゅうせい》が響いた。プリーチャーの身体が前に倒れこんだ。

「そのまま伏せて！」

突然背後から声が――!?

「きゃあああ！」

「ユカちゃん！」

プリーチャーはまだユカを離していなかった。また銃声が響く。ユカは隅のほうに転がっていった。

「まだ立つな！」

私の上に男が覆《おお》い被《かぶ》さった。彼の腕を銃弾《じゅうだん》がかすめる。撃たれたはずのプリーチャーが立っていた。はだけたシャツの下から、防弾《ぼうだん》チョッキが見えた。

「ふん……」

プリーチャーは面白《おもしろ》くなさそうに鼻を鳴らすと、そのまま屋上から飛び下りた。

何階だと思っているの⁉

あわてて下を見下ろしたが、プリーチャーの姿はどこにもなかった。追いかけようと階段に向かうが、

「だめだ、遅すぎる。我々が下に下りた頃には、あいつはもういない」

腕を撃たれた男――以前森田のマンションで会った平井《ひらい》が言った。

「まりなさん……！」

ユカが抱きついてきた。

「そうね……」

暗闇《くらやみ》の中をいくら見つめても、プリーチャーは戻ってこないのだ。

保健室で平井の腕に応急処置をした。まもなく内調や公安の捜査員がやってくるだろう。

「ごめんなさい、ほんとに、なんとお礼を言ったらいいか……」

「偶然《ぐうぜん》ですよ。たまたまプリーチャーを追跡《ついせき》していたところ、あなたたちがいたんです。でも、僕一人では、かえってだめだったかもしれません」

「あいつはそんなに手練《てだ》れなの？」

「あそこで頭を撃っていたら、勝てたかもしれませんが……それではあいつが今までやってきたことがつかめなくなってしまう」

平井はくやしそうにそう言った。

「奴は世界中の警察機構が追ってます。我々もその一つです」

「まだこの国にいるってことは、目的を達してないのよね」

一度はあきらめたユカにまで訊《き》かなければならないということは、もしかして焦《あせ》っているのかもしれないが。

「なにかを探しているみたいですね。いったいなにを探しているのかはわかりませんが」

「彼は単独《たんどく》なの？　どこかの組織の殺し屋なの？」

「それもわかりません。情報がなにもないんです」

私はため息をついた。何もかもうまくいかない気がしてきた。

「それじゃ、僕はいったん戻ります」

「あ、どうもありがとうございました」

「あの女の子によろしく」

平井は保健室を出ていった。

ユカは奥のベッドに寝ている。私は、その枕元に立つ。

「まりなさん……」

「どうしたの？　大丈夫？」

「まりなさん、ごめんなさい……。あたし、ちゃんと話してないことがあるの」

「なに？」

「お父さん……誰かに狙われていたこと、知ってたみたい……」

「そうなの」

「あの事件の前の夜……お父さん、あたしに銃を渡したの。びっくりしたけど、あたし使い方教わって……あたしのことを誰かが襲ったら、引き金を引けって……自分の身を護ることだけ考えろって言ったの……」

藤井にしても、ぎりぎりの選択だったのかもしれない。最後まで何も知らせず護りきるか、それとも自《みず》ら身を護るすべを与えるべきか――。

「あの夜、お父さんたちが殺されたとき、あたしほんとは……銃で犯人を撃とうと思ってた……でも、クロゼットの中から出ることができなかった……怖くて。それがくやしくて悲しくて……まりなさんと家に行ったとき、ほんとは自分で死のうと思った……でもできなくて……引き金だけは引けたけど……。

　さっきも、教室にあの男が入ってきたとき、あたし撃とうと思ってた……でも、弾《たま》が……弾が出なかったの……」

「いいのよ、ユカちゃん。あなたが人殺しにならなくてよかったわ。そのために、私は弾を抜いたんだから」

　ユカが起き上がった。

「知ってたの？」

　私はうなずく。

「あなたのご両親の写真が、お護りになるっていうのもよくわかったわ」

　ユカはふとんをかぶってすすり泣いた。

五日目

Takashi 1

僕は、突然起こされた。

「出かけるわよ」

母が言う。いつになく緊張《きんちょう》した声だった。

「支度《したく》はできてるわ。これを着なさい」

「どこに行くの？」

「旅行に行くのよ」

そんなの……何にも聞いていなかった。

「いいから早く。なにも言わずに着替えて」

母のこんな顔は見たことがなかった。何だろう。少なくとも楽しい旅行ではなさそうだ。

僕は急いで支度をすると、階下《かいか》に下りた。まだ六時にもなっていない。すでに父は車の中にいるようだ。

「さあ、早く……」

まるで逃《に》げるように母は僕の手を引いて玄関《げんかん》を出た。車の中から父が顔を出す。

「早く乗りなさい」

「う、うん……」

母に続いて乗ろうとしたとき——何者《なにもの》かが背後《はいご》から歩いてくる気配《けはい》がした。僕は振り向く。

黒いスーツの男がいた。

突然の衝撃《しょうげき》に、僕は地面を転《ころ》がった。耳が痛い。異様《いよう》に熱かった。

目を開けると、今さっき両親が乗っていた車が、炎上《えんじょう》していた。何が起こったのか、僕にはわからない。気がつくと、さっきの男が目の前にいた。にやりと笑って手を差しだす。僕はとっさに逃げだした。あの男、大きなナイフを持っていた——！

僕は走った。何なんだろう、あの男。両親を殺したのはあいつか？　そして僕も殺すのか？　どうして殺されなくちゃならないんだ？　僕が——父や母が何をしたっていうんだ⁉

いくら走っても男はついてくる。僕が息を切らしているのに、あの男は顔色一つ変えなかった。そんな——人間じゃないのか？

早朝《そうちょう》の街《まち》には人通《ひとどお》りはなく、誰《だれ》にも助けを求めることができない。恐怖《きょうふ》と動悸《どうき》の激《はげ》しさに、声も出なかった。足ももう限界《げんかい》だ。男はすぐ後ろに迫《せま》ってきた。だめだ、もうだめだ——！

目を閉じた僕は、何かにぶつかり地面に倒れた。すぐに腕《うで》がつかまれ、むりやり立たされる。

「う、うわっ」

ようやく声が出たが、それは助けを呼ぶほどのものではなく……喉《のど》から息が漏《も》れただけのようだった。殺される……！

「どうした？」

頭の上から、野太《のぶと》い声が聞こえた。それがあまりにもあの男には似合わない声だったので、僕は目を開けた。

僕の腕をつかんでいたのは、黒人の男だった。大柄《おおがら》で、精悍《せいかん》な顔つきだ。

「た、助けて……変な人が、追いかけてきて……！」

僕は必死に訴えた。黒人の男が、僕の背後に目をやる。

「お前、この子供を追いかけてきたのか？」

僕は振り向く。あの男は、ほんの少し離れたところに立っていた。

「いや、どうやら人違いだったらしい」

男は、あっけなく背を向け、歩き去った。

「ど、どうして……あっ」

僕は黒人の男の手元を見て驚く。銃《じゅう》を構えていたのだ。

「そ、それは……」

「ああ、あいつがナイフを持っていたからな」

こともなげに言い放ち、歩きだした。

「ああ、待ってください！」

僕はそのまま黒人の男のあとをついていく。

しばらく何も言われなかったが、ついに黒人の男は振り向く。

「なについてきてるんだ？　子供は家に帰れ」

「家は……ありません」

「なに言ってやがる。パパとママが待ってるぞ」

「家も両親も、さっきなくなりました」

男はまた歩きだす。そのまま僕がついていっても、もう何も言わなかった。

小さなアパートの一室に、男は入っていく。ためらったのち、僕も入った。

「あら……この子は誰？」

部屋の中には、若い日本人の女の子がいた。はたちくらいだろうか。部屋の隅《すみ》には、猫《ねこ》が丸まっている。

「なによ、またたんまり？」

「勝手についてきたんだよ」

「嘘《うそ》。またおんなじこと言って」

女の子は、彼の頭をくしゃくしゃってかき回した。

「あんたも一人？」

僕ははっと顔を上げる。

「この人、ひとりぼっちを拾《ひろ》うの、趣味《しゅみ》みたい。最初は猫で、次はあたし。そしてあんた」

「ひとりぼっち……」

さっきまでそうじゃなかったのに……。

「あたしは唯《ゆい》。こいつはブレードよ。猫の名前は……まだないの。かわいそうでしょ？　あんたの名前は？」

僕の瞳《ひとみ》から、涙《なみだ》がこぼれ落ちた。

「あらあら、どうしたの？」

「ほっとけ、唯」

「貴史《たかし》……」

「え？」

「美村《みむら》貴史です……僕」

「そう。とにかくあがんなさい。中でゆっくり泣きなよ」

Kojiro 17

結局朝までソファーで眠《ねむ》ってしまった。

のろのろと起きだして、時間を確認する。そろそろ空港に行かなくては。見送ると約束しているんだから。

亜美《あみ》は、十時五分発の香港《ホンコン》行きに乗ると言っていた。今からなら充分間に合う。俺《おれ》は、アルファロメオに乗って、事務所を出た。ほどなく国際空港に到着《とうちゃく》する。

だが、出発ロビーに亜美たちの姿《すがた》はなかった。もしや、もう搭乗《とうじょう》手続きをすませてしまったのだろうか。

案内板を見て、時間を確認する。

「あれ……？」

十時台に香港行きはなかった。もっとも近いのは、八時と十四時台だが——変更になったのだろうか。でもそれなら、それも同時に知らせてあるはずだが……。

俺は案内のカウンターに近づき、

「ちょっと聞きたいんだが、今日《きょう》出るはずの香港行きの飛行機が何本あるのか教えてくれ」

「はい。少々お待ちください」

待ったのはわずかだった。すぐに答えが出る。

「お待たせいたしました。本日《ほんじつ》香港行きは四本ございます。八時〇分と十四時五十五分と十七時三十五分、二十一時十二分の予定です」

「……そうか。どうもありがとう」

まだ家にいるなんてことはないだろうか。念のために電話をかけてみる。

が……やはり誰も出ない。

「八時、か……」

おそらく、その飛行機で出発したに違いない。亜美の言葉《ことば》など、信用するんじゃなかった。最後まで、俺を遠ざけようとしてくれた、と思えばいいのか？

もしかしたら、名前も変え、別人としてこの国を出たのかもしれない。遠い空の下で、無事《ぶじ》に生き延びてくれることを、俺は祈るしかなかった。

Marina 17

いつもは内調《ないちょう》に出向くところだが、昨晩《さくばん》の事件を鑑《かんが》みて、今朝《けさ》は甲野《こうの》が私の家に来てくれた。さしあたっての予定は、安藤《あんどう》商事と安藤左衛門《さえもん》の自宅に行くことだ。ユカを連れて。

結局、学校にいた警官《けいかん》たちは全員殺害《さつがい》されていた。プリーチャーは、確か返り血一つ浴びていなかった。これでは、ユカがどこにいても安心はできない。私がついているのが一番ということになったのだ。

「平井《ひらい》にもっとプリーチャーについての情報《じょうほう》を提供してもらわなくちゃ……」

「なんだか公安《こうあん》のほうがあの殺し屋に関しての情報を握《にぎ》っているようでねえ」

というか、平井が、と言うべきだろうか。

「エルディアの現状と藤井《ふじい》については、美作《みまさか》が今調べてるよ」

久しぶりにその名前を聞いた。内調の中東担当者。特にエルディアには深く食い込んでいる。

「エルディアっていったら……やっぱり〝EVE〟なのかしら」

プリーチャーが狙《ねら》っているのも〝EVE〟？

「そうだな。それを考えないわけにはいかないね」

「プリシアに知らせたほうがいいわね。じゃあ、それは私が大使館に行ってくる。一応そっちからも正式にコンタクトしてね」

「わかった。それから、あの二枚の写真については、もう少しかかりそうだよ」

「一枚については、聞いておかないといけない人がいるのよ。ちょっと待っててくれる？」

私はすぐ隣《となり》の弥生《やよい》の部屋に行った。父親の隣にいる人間だ。弥生が知っている可能性がある。

しかし、インタホンを鳴らしても、弥生は出てこなかった。どうしたんだろう。もう事務所に出かけたのだろうか――。

帰ろうとしたとき、ドアが開いた。

「まりな……」

「あ、弥生。いたのね？　寝てたの？　う……酒臭《くさ》い」

「そうか……？」

「どうしたの？」

ドアから顔を出した弥生は、見るも無惨《むざん》にやつれていた。

「なにっ、一晩中飲んでたような顔して！」

「飲んでたよ、まりな……」

「これから事務所に行くんでしょ？　そんなぐでんぐでんになっちゃって——」

「今日はお休み」

「ええ、そんな、いいの？」

「よくないけど……」

突然弥生は泣きだした。

「なによー、どうしたのよー」

「小次郎《こじろう》が……小次郎が……」

また小次郎とけんかしたのか。まったく世話が焼ける。

「なんだか変なんだ、一人でいたいとかなんとかって……いきなり言いだして」

「大方《おおかた》、また一人で勝手に悩んでんじゃないの？」

「一人で勝手に!?　なんで私に相談しないんだ!?　私じゃだめなのか!?　力不足なのか!?」

ああ、もう手に負えない。

「それを直接言いに行けばいいでしょう？」

「そ、そんなこと……」

まるで十代の少女のように尻込みをする。

「なんだか、いつもと様子《ようす》が違うような気がして……」

「いろいろあるのよ、小次郎だって。そのうちあやまってくるわよ」

「でも、今回は小次郎が一方的に――」

「大丈夫《だいじょうぶ》よ、話せない時期だってあるわよ。そのうち話してくれるって」

「けど、小次郎は――」

「ああっ、もううっとうしい！　私は慰《なぐさ》めに来たんじゃないのよ！」

私はついに怒鳴《どな》った。

「なにか用か？」

「用があるから来たんでしょ!?」

私は写真――桂木《かつらぎ》と藤井とあと二人の男が写ったものを見せる。

「これ見てほしいの」

「……これ、パパだ。右から二番目。ずいぶん若い頃だけど……どこで撮《と》ったものなんだ？」

「たぶん、エルディアだと思うわ」

「エルディア……ああ、プリシア女王の国」

若き女王プリシアには、弥生も少なからず因縁《いんねん》がある。彼女の戴冠式《たいかんしき》に招かれたことだってあるのだ。

「教えてほしいのは、この中に知っている顔があるかどうかよ」

弥生はじっと写真を見つめる。

「酔ってる頭じゃよくわかんない？」

「おい、そんなに私は酒に弱くないぞ」

絡《から》むけど。

「ええと、左から二番目、パパの隣だな。この男は、最近うちの事務所に来たよ」

「誰？」

「安藤商事の社長、安藤左衛門だ」

「なんですってえ!!」

弥生は頭を抱える。

「うわ……やめてくれ、頭に響《ひび》く……」

では、あの女——栗栖野《くるすの》亜美も、エルディアに何らかの関係があるのか？

「しかし、パパの知り合いだったのか。一言《ひとこと》言ってくれればいいのに」

「偶然《ぐうぜん》じゃないと思うわ」

「え？」

「たぶん、安藤はそのことを知っていて、弥生の事務所に来たんだと思う」

「そうなのかな？　けど、この写真はだいぶ古いものだし……」

話し方も記憶《きおく》も確かだが、やはり酒が入っているせいか、深くは考えられないようだ。いったい私が何のためにこの写真を見せているのかも気にしていない。でも、弥生にとってはそのほうがいいだろう。

「安藤はどんな依頼《いらい》をしてきたの？」

「ボディガードだよ。でも、聞いた感じだとやばそうだったんで、やめたんだ」

「やばいって？」

「生き死ににかかわるような……そんな感じかな」

「どうしてそう思ったの？」

「うーんと……」

弥生は、目を閉じてしばらく考えこみ、やがて言った。

「ああ、そうだ。依頼料が破格《はかく》だったんだよ。びっくりするくらい。それ聞いた瞬間《しゅんかん》、こっちは喜ぶどころか、逆に引いたね」

「そう──」

藤井と同じ目に遭《あ》うとわかっていたのだろうか。

「でもたぶん、小次郎のほうがくわしいと思う」

「え、どうして？」

「小次郎が、そのボディガードの仕事を受けたんだ」

「そうか……じゃあ、あとで訊《き》いてみよう」

「あ、もし小次郎のところに行くんなら――」

「わかってるわよ。もう二度と会いたくない、お前なんかこの街から出ていけって伝えとけばいいんでしょ？」

弥生の顔が、またくしゃくしゃになる。

「あー、うそうそ。なに泣きそうな顔してんのよ」

「よ、様子を見てくるだけでいいんだ……」

「はいはい、ほんとに世話の焼ける」

「ごめん……」

でも、少しうらやましくもあった。本人たちにとっては、たまったものではないだろうけど。

「他《ほか》には？　他に知ってる人はいない？」

弥生は首を振る。

「わかったわ。どうもありがとう。じゃ、私は消えるから、またたっぷり泣いてちょうだい」

弥生のほっぺたがぷうっとふくれたのが、かわいかった。

エルディア大使館は、普通の住宅街の中にぽつんと建っていた。ひどく高い塀《へい》に、頑丈《がんじょう》な門に囲まれた重厚《じゅうこう》な建物だ。

「大使館の中に入るのなんて、初めて……」

ユカは少し緊張しているようだ。

「入るっていっても、たぶん受付で帰されると思うけど」

「え、そうなんですか？」

「そうよ。正式なコンタクトは本部長から取ってもらうの。でも、そういうのって後回《あとまわ》しにされるかもしれないでしょ？」

揉《も》み消されることもありえる。

「私はアポなしだし、身分証明書も見せない。女子高生まで連れてる。見るからに怪《あや》しいでしょ？　でも、食いつく言葉っていうのがあるのよ。それが女王さまのとこに行って、私からだって伝われば、きっとこっちに連絡取ってくれるはず」

「女王さま……そんな一番偉い人にまで？」

「そう。それだけ大変なことなのよ、これは」

中に入ろうとしたとき、中から出てきた男とぶつかりそうになった。

平井だった。どうしてこんなところに？

「法条《ほうじょう》さん……」

「また変なところでお会いしましたね」

「いやあ、今日はちょっと、大使館回りをしているんです」

「大使館回り？」

「警察庁《けいさつちょう》では、定期的に各大使館を見回って、簡単《かんたん》な審査《しんさ》みたいなのをするんです」

「はあ、そうなんですか……」

この事件多発の忙《いそが》しい時期に？　いや、そんなのはあまり関係ないか。特にお役所では。

「じゃあ、僕はこれで失礼します。他にも回らないと――」

「あ、平井さん！」

ユカが呼び止める。平井はぎょっとしたような顔をした。

「昨日《きのう》はありがとうございました」

私とユカが頭を下げる。

「いやあ、たまたま僕が居合わせただけですよ」

平井はそう言うと、足早《あしばや》に去っていった。

大使館の中に入ると、正面《しょうめん》のデスクに男が一人座っていた。

「どのようなご用件でしょうか？」

「プリシアっていうお宅の国の女王さまに会いたいんだけど。来日してるでしょ」

「女王に……ですか？」

男は首を傾《かし》げる。

「そうよ」

「身分証明書をご提示《ていじ》いただけますか？」

「あらごめんなさい。忘《わす》れちゃったわ。けど、元情報部のことで、内調の法条が知りたいことがあるって伝えてもらえれば、たぶん女王にもわかると思うけど」

「は？　なんのことですか？」

「なにしらばっくれてるのよ。EVEのことが知りたいの」

男の表情《ひょうじょう》は変わらなかったが、戸惑《とまど》いの表情もなかった。ユカにちらりと目を向けただけだ。

「身分証明書もない方の伝言《でんごん》はお伝えしかねます」

「そんなこと言わずに、連絡とってよ」

「あまりしつこいようですと、保安の者を呼びますが。場合によっては我が国で裁《さば》かれることになります」

「そう。わかったわ」

私はあっさり引き下がる。ほどほどにしておかないと、本当に拘束《こうそく》されるかもしれない。

「じゃあ、帰りましょうか」

「は、はい……」

ユカとともに出口に向かったが、

「あ、そうだ。忘れてた」

私がいきなり振り向くと、男はあわてたような顔をした。

「さっき男の人がこの大使館から出てきたんだけど、あの男って誰？」

「男の人？　私は知りませんが」

「嘘っ。さっき門のところですれ違ったのよ？」

嘘を言っているのは平井なのかこの男なのか——両方、というのもありえる。

「まあ、いいわ。じゃあ、さようなら」


安藤宅に行く前に、やはり小次郎に会ったほうがいいと。

といっても弥生の伝言を伝えるためではなく、安藤のボディガードについてだ。彼のことだから、何かを嗅《か》ぎつけている可能性がある。

それに——もしできることなら、ユカを小次郎に預《あず》けたい、と思っていた。プリーチャーがユカをあきらめたとは思えない。どこまで彼の追跡《ついせき》がのびているのかわからないが、いつかは安藤のところに行き着くだろう。そこに連れていくのは、やはり躊躇《ちゅうちょ》があった。もし話を聞いて、プリーチャーの件とはまったく接点がなければ、預けても大丈夫かもしれない。

「うわー、さびれてるー」

ユカが、びっくりしたような声を出している。小次郎の事務所のある周辺は、彼女のような女子高生には無縁《むえん》の世界だろう。

「こんなところになんの用なの？」

「ここにね、腐《くさ》れ縁《えん》の探偵《たんてい》がいるのよ」

「えー、待ち合わせですか？」

「違うわよ。ほら、そこの倉庫《そうこ》の入口をちゃんと見てみなさい」

「……あまぎ探偵事務所？　こんな倒れそうな倉庫が探偵事務所!?」

そこまで言われると、小次郎が哀《あわ》れに思えてくる。

「うわっ、でもすごい車が置いてある──」

「お客さんでも来てるのかしらね」

ぎしぎしいう鉄の扉《とびら》を開けて、中に入る。鍵《かぎ》はかかっていなかったから、誰かいるだろう。

「はろー。まりなお姉さんが来てあげたわよー」

「こんにちはー」

返事がない。

「小次郎？　いるの？」

「あ、小次郎って、弥生さんの恋人？」

「そうよ」

ユカは、どんな男が出てくるのか心待ちの顔をしていた。だが、いくら呼んでも返事がない。

「本当に人が住んでるの？」

「住んでるわよ。電気だってついてるし」

「つけっぱなしなのかもしれないし」

「そんなのありえないわ。だってもったいないじゃない」

「……そんなみみっちい人なの？」

「お金がなければ、誰でもみみっちくなるものよ」

「まりなさんも？」

「私はそんな苦労《くろう》したことないから、わかんないわ～」

「じゃあ、ここの人はだいぶ苦労してるってことですね」

「そうね、お金でも、女でも……」

「さっきから聞いていれば好き勝手なこと言いやがって……」

部屋の奥からようやく声がした。

「なんだ、いるんじゃない。返事くらいしなさいよ」

小次郎は、ソファーに座っていた。何だか元気がない。

「なんかしけた顔してるわね」

「いや、別に……」

「別に……って、なんかぼろ雑巾《ぞうきん》みたいよ」

「ひどいこと言うな……。ま、お前みたいなガサツな人間にはわかるまいな、俺の苦悩《くのう》は」

やっぱり……何か一人で悩んでる。

「なんだよ、にやにやして」

「なんでもないわ」

「そっちのガキは？」

ユカがむっとした顔をした。

「今わけありで保護《ほご》してるのよ」

「ふーん……」

小次郎はユカの顔をちらりと見る。

「会ったことあるか？」

ユカはぷいっとそっぽを向いた。

「まあ、いいや。で、なんの用だ？」

ユカを少し離れたところに座らせ、私は小次郎と向かい合う。

「これから安藤の家に行くんだけど、その前に情報を集めておこうと思ってね」

「安藤？」

「安藤左衛門よ」

「奴になんの用だ？」

「ちょっと私が捜査《そうさ》している件で、彼が浮かんできてね」

小次郎が驚《おどろ》く気配はなかった。

「なんの捜査をしてるんだ？」

「そんなこと言えるわけないでしょう？ 国家機密《きみつ》よ」

「じゃあ、どうして俺が安藤のことを知ってると思ったんだ？」

「弥生よ。あの子に安藤のことを訊いたの。そしたら、小次郎が安藤からの依頼を受けたっていうじゃない。それに今回のこの事件、エルディアが深くかかわっている可能性《かのうせい》があるのよ」

「深くどころか、かなりな」

いきなり小次郎が肯定《こうてい》をする。

「もっともエルディアのなにがどうかかわっているのかはわからないが」

「どこにそんな確証が？」

「安藤がエルディアの元情報部員だったことは明らかだ。オヤッさんと写っている写真を見た」

「オヤッさん？」

「桂木源三郎《かつらぎげんざぶろう》だ」

「ああ……。それなら私も見たわ」

悲しい気持ちが少しだけわき上がる。だが、小次郎の次の言葉で、その気持ちも吹き飛んだ。

「安藤には二人の娘がいるが……おそらくその二人は、クローンだろうということだ」

「なんですって!?」

「真弥子《まやこ》以外にも同じようなのが作られていたんじゃないのか？　今から考えてみれば、確かに国王の器《うつわ》が一つしかないのは心許《こころもと》ないからな」

御堂《みどう》真弥子の護衛《ごえい》は、私が唯一《ゆいいつ》失敗した任務《にんむ》だった。それだけじゃない。彼女はこの世でもっとも悲しい存在《そんざい》になってしまった。

「ということは、今は安藤がその二人を？」

「残念だが、安藤は死んだよ」

今日は彼に驚かされてばかりだった。

「ど、どういうこと？　すでにナイフで切り刻まれたってこと？」

「なんだそれは。例の一連の猟奇《りょうき》殺人のことか？」

「そうよ。あなただから言うけど、その殺人鬼《さつじんき》はなにかを探《さが》しながら殺しをくり返してるわ。あの子のお父さんもエルディアの元情報部員で、一週間前に殺されたの」

「つまり、エルディアの元情報部員を捜しては殺してるってことか？」

私はうなずいた。

「なるほど。じゃあ安藤は、その殺人鬼に狙われていたのか——」

「どうやら同じ敵を追っているらしいわね」

「俺は別に追っちゃいないぜ」

「え、だって今……」

「俺はボディガードを頼まれたんだ。しかも、なぜ狙われていたのか、誰に狙われていたのかもわからずな」

彼はまだプリーチャーのことを知らないのだ。あんな奴知らないほうがいいに決まっているが。

「安藤が生きているにしろ死んでいるにしろ、彼の家には行ってみるわ」

「あんまり意味ないぜ。やめとけよ」

「なんでよ」

だんだん邪魔《じゃま》されているような気分になってきた。

「あそこはもう誰もいない。安藤の秘書が、その双子《ふたご》を連れて今朝方日本を発っちまった」

「ええっ？　秘書？　栗栖野亜美？」

「知ってたか」

「栗栖野は、その二人を連れてどこに行ったの？」

「さあな。今頃空の上だろう。それに、あの三人はそっとしておいてくれ。今までずっと隠《かく》れて暮らしてきたんだ」

小次郎は真剣な顔をしていた。

「なんかわけありみたいね」

「あとで話すさ。法条にになら、別に隠すこともないからな」

「ありがとう。じゃあ、殺し屋を捕《つか》まえたらおごってあげる」

「お前なんかあてにしないよ」

それはお互いにそうかも、と思う。

「とにかく、行くだけ行ってみるわ」

「送ってやろうか？」

「まー、車もないくせに」

「表に停《と》まってるの、俺のだ」

「ええっ、あのアルファロメオ⁉　盗《ぬす》んだの⁉」

思わず正直《しょうじき》な感想が飛びだしてしまった。

「ボディガード代だよ。それもあとで話してやる。とにかく安藤邸に行くなら気をつけたほうがいい。おそらくその殺人鬼はまだ安藤が死んだことを知らないはずだ」

「出くわす可能性もあるってことね。それならそれで望むところだわ。一気にケリがつけられるかもしれないし」

「そんな子供連れで大丈夫なのか？」

「確かにそうね……。小次郎、しばらく預かってよ」

「まりなさん！」

ユカが抗議《こうぎ》の声をあげた。

「金とるぞ？」

「なによ、ケチね」

「お前のポケットマネーでなんとかなるくらいにはまけてやるから」

「あたし、いやだよ、まりなさん！」

「でもユカちゃん、あの男にもう一度会うかもしれないのよ」

ユカは必死だった。

「でも、あの男はあたしがなにか知ってるって勘違《かんちが》いしてるよ。今度はまりなさんがあたしを人質《ひとじち》にとればいいの。弱みを握れば、チャンスが増えるはずだよ」

「危険だけど、ま、確かに……」

「小次郎、なに言うのよっ」

「あたし、大丈夫だから」

ユカは言いだしたらきかない。このままむりやり小次郎のところに置いていっても、たぶん抜けだすだろう。

「まったくもう……」

ため息しか出ない。

「強情《ごうじょう》なガキを預かったもんだな」

「ガキじゃないもん！」

「わかったわ。ただし、私がユカちゃんの言うことを聞くのはここまでよ。あとは絶対に私の言うことを聞くこと。わかった？」

「わかりました」

ユカは大きくうなずいた。

安藤宅は会社と同様の古い建物だった。なかなか優雅なたたずまいだ。

「同じ社長でも、ユカちゃんちとはだいぶ違うわね」

「うん」

家の周辺を調べたが特に目を引くものはなかった。家の中を調べるために、玄関の鍵を壊《こわ》す。

「鍵かかってるんじゃ、中に誰もいないですよね」

それはどうだか……待《ま》ち伏《ぶ》せをしている可能性がある。

玄関ホールに立って、あたりを見回す。左手奥にＬＤＫがあるようだ。吹き抜けのホールなので、二階の部屋のドアが見える。ひっそりとして人の気配はない。

でも……違う。何だろう。プリーチャーがいる……いや、それだけじゃない。

二階のドアノブが、ゆっくり回っていた。

「まりなさ……」

私はユカの口をふさぐ。ドアがかすかなきしみを響かせて、細く開いた。プリーチャーが現れた。ユカの身体《からだ》がこわばる。

「やあ、いらっしゃい。待ってた甲斐《かい》があったよ」

プリーチャーは手すりに身体をもたせかけ、そう言った。

「やあ、お嬢さん。昨日は手荒なことをしてすまなかったね。今日また会えるとは思わなかったよ」

「あなた……あたしが知ってることが欲《ほ》しいんでしょ？」

制する間もなく、ユカは叫《さけ》ぶ。

「いや、それはもういい。わかったんだよ。もう君をあてにしなくてもいい」

「わかったって……？」

私は思わず訊いていた。

「もうすぐ終わるよ。本当の目的は、まもなく手に入る。今朝は取り逃がしてしまったがね」

「本当の目的ってなによ。あなたはEVEが狙いなんでしょう？」

「EVE……そうとも言うな。けれど、私にとってはどっちでもいいことだ」

プリーチャーが階段を下り始めた。

「ユカちゃん、逃げて！　小次郎のところへ！」

ユカは約束どおり、玄関から外に飛びでた。

「もうあの子は用済みだ。それは安心していい」

「それはありがたいわ」

「だが、君には用がある」

「私も大ありよ」

「そうかな？」

プリーチャーは素早かった。気がつくと、階段の下にいた。そのままナイフを私にかざす。

同時に私は引き金を引いた――。

Kojiro 18

あまりの勢いだったので、俺はもう少しでユカを轢《ひ》くところだった。

「探偵さん！」

ガラスをばんばん叩《たた》いて、ユカは泣きながら叫んでいた。

「叩くな！　早く乗れ！」

ドアを開けると、ユカが助手席に転がりこんできた。

「探偵さん、まりなさんを助けて！」

「どうした？　金出す気になったのか？」

「そんなひどい！」

ユカが今度は俺をばんばん叩きだした。ハンドルがぐらぐらする。

「わああ、やめろ！　冗談《じょうだん》だよ、なんのために車走らせてると思ってんだ？」

「あ――！」

ユカはようやく外を見た。

「ちゃんと安藤のとこに向かってるよ」

「気になって来てくれたの!?」

「まさか。ただのドライブだ。けど、いざとなったら法条にふっかけてやる」

「ありがとう、探偵さん！」

「その呼び方はやめろ。俺にはちゃんと小次郎って名前があるんだ」

「ありがとう、小次郎さん！」

安藤宅の玄関は閉まっていた。俺は銃を構《かま》える。こんなところで安藤の銃が役に立つとは思わなかった。いや、本来の相手に使うというべきか。

「お前はここにいるんだ」

「う、うん……」

ドアをゆっくりと開ける。玄関には、誰もいない。ただ、点々と血の跡がある。

法条はどこにいるんだ……。

俺は二階を見上げた。子供部屋のドアが開いている。

「小次郎さん……」

背後でユカが不安そうな声をあげる。

「動くな」

もう一度ユカに言って、俺は二階に上がった。少しだけ開いた子供部屋のドアに手をかけ、ゆっくりと開いた。

血の臭《にお》いがした。美佳《みか》が……美紀《みき》が……切り刻まれている。

「どうして……お前たち……日本を旅立ったんじゃないのか……？」

美佳はタンスによりかかるように、美紀はうつぶせに倒れていた。俺はふらふらと中に入り、美佳と美紀の身体に触《さわ》る。もう冷たかった。血も固まり始めている。

美紀の服の背中《せなか》の部分がめくられている。背中に、何か痣《あざ》のようなものがあった。23、と刻まれていた。おそらく美佳の背中には、22とあるのだろう。

「亜美は……」

亜美はいったいどうしたんだ。一緒《いっしょ》に殺されているのか？　それとも逃げたのか……まさか、犯人《はんにん》なんてことは……。

そのとき、背後《はいご》で息をのむ音が聞こえた。振り向くと、ユカが硬直したように立っていた。

「い、いや……！」

「ユカ……！」

「いやーっ!!」

ユカは悲鳴《ひめい》をあげながら、階段を下りていく。

「おいっ、待て！　一人になるな！」

俺はユカを追いかけた。がむしゃらに走ったユカは、玄関先で転んだ。

「大丈夫か!?」

「もういやっ、どうしてこんなに人が死ぬの!?」

ユカは俺の腕をふりほどこうともがいた。

「離して！　まりなさんは!?　まりなさん！」

銃声《じゅうせい》が聞こえた。ユカの動きが止まる。近い。

「裏庭だ！」

俺たちが裏庭に走りこんだとき、金髪でダークスーツの男は、俺に背中を向けていた。

その足元に、法条が倒れている。血だまりの中で。男は振り返り、俺の顔を見る。

俺は無我夢中《むがむちゅう》でステアーの引き金を引いた。

Takashi 2

ブレードは、夜中にそっと出かけていった。

唯と猫は安らかな寝息をたてている。けれど僕は眠れなかった。

何とはなしに、ブレードのあとをついていこう、と思った。

ブレードは、僕がついてきていることに気づいていないようだった。僕がそれに気づいたのは、ブレード自身も誰かを尾行《びこう》していることに気づいたからだ。前を歩いているのは、身なりのいい若い男だった。尾行されているのに気づいている気配はない。

人通りがまったくなくなったとき、ブレードは急に足を早めた。早足であの男を追い抜くと僕が思ったとき——何かが弾《はじ》ける小さな音がした。そして、どさっと何かが崩《くず》れる音。

若い男が倒れていた。ブレードは、歩調《ほちょう》を変えなかった。通りすがりに撃《う》ったのだ。そしてそのまま、一瞥《いちべつ》もせずに立ち去った。

僕は呆然《ぼうぜん》と立ち尽くす。怖い、と思う反面、不思議《ふしぎ》な感情が満ちていくのを感じていた。

見つけた、と思ったのだ。

六日目

Marina 18

気がつくと、私はベッドに寝かされていた。

右手が痛い。動かなかった。神経《しんけい》が切断《せつだん》されているのだ。そこまでは憶《おぼ》えているが、そこから先はわからない。

プリーチャーを侮《あなど》っていたわけではなかったが、結果として失敗した。その事実は消えない。

今、何時《なんじ》だろう。

病棟は静かだった。窓《まど》から差しこむ光や空の色から、早朝《そうちょう》であることはわかる。そばに誰《だれ》もついていないことから、おそらく失血《しっけつ》が激《はげ》しかったにせよ、命に別状《べつじょう》はないのだろう。でもたぶん、右手はもう使えない。

「どじった……」

私はため息をつく。仕方ない。もう終わったことだ。プリーチャーを野放《のばな》しになどさせないが、それよりもあいつの黒幕《くろまく》をどうにかしなければ。

「眠《ねむ》い……」

もうひと眠りしようか。

そう思ったとき、音もなく病室に誰かが入ってきた。

「おはよう、法条《ほうじょう》まりなさん」

栗栖野亜美《くるすのあみ》だった。

「昨日《きのう》はお約束守れなくてごめんなさい。そのかわり、今日《きょう》うかがいました」

「あなた、昨日日本を発ったんじゃなかったの？」

「いろいろあって、キャンセルしました」

「そうなの……。よくここに入れたわね」

「人の目を盗《ぬす》むのは得意なもので」

にっこり笑う。実に魅力的《みりょくてき》だった。

「あなたも真弥子《まやこ》ちゃんと同じクローンなの？」

いきなり核心《かくしん》をつく。亜美は一瞬《いっしゅん》こわばった表情《ひょうじょう》を見せたが、

「そうです」

とあっさり認《みと》めた。

「わかってるなら、前置きはやめるわ。取引をしません？」

「取引？」

「今すぐあなたのその傷を治《なお》してあげる。それだけ回復力があるなら神経もすぐ蘇生《そせい》できる」

「まさか、そんな――」

「そのかわり、協力してもらいたいことがあるの」

私は首を傾《かし》げる。

「人を一人、殺してほしいのよ」

「なに言ってるのよ。私は殺し屋じゃないのよ」

「相手はアメリカの影の部分にいるわ。白人至上《しじょう》主義を掲げて影響力《えいきょうりょく》を高めてきた男——」

「そんな奴にどうやって私が近づけるというの？」

「彼は私のパトロンなの」

この女は、いったい何を言っているのだろう。

「じゃあ、あなたが殺せばいいじゃない」

「それはできない」

「なんでよ？」

「それではただの復讐《ふくしゅう》よ」

「誰の？　安藤《あんどう》の？」

亜美はふっと笑った。

「そうも言えるわね。安藤は私に言ったわ。自由に生きろって。でも、ここで私が手を染めたら、もう二度と自由ではなくなるの。だからあなたにやってほしい」

「汚《きたな》いことは人に任せるってこと？　腕《うで》一本治すのに、それは代償《だいしょう》が大きすぎるわ」

「お願いはもう一つあるの」

「もしあなたがその男を殺してくれるなら、私はパトロンを失うことになる。だから、新しいパトロンにはあなたになってほしいのよ」

「図々《ずうずう》しい女ねぇ」

ますますもってわからなくなってきた。

「あのねえ、私はただの公務員よ。あんた、私の給料知ってるの？」

「充分すぎるくらい知ってるわ。たくさんの会社を持っているそうね。それ以外にあなたが持ってるさまざまなルートもね。ずいぶん昔から商売をしているようね。高校生くらいから？」

久しぶりに背筋《せすじ》が凍《こお》るような気分を味わった。

「……なに寝言《ねごと》言ってんのよ」

「調べるの、苦労《くろう》したのよ。そんなあなたなら、年に四千万ドルくらい、すぐにどうにかなるでしょう？」

「四千万ドル⁉」

「でも、それ以上のマーケットになることは保証するわ」

「なにやろうとしてるのよ」

「それはあなたがパトロンになってくれないと——」

私はしばらく考えたが、今ここで亜美を失うのは大きな損失《そんしつ》のように思えた。事件にとってはもちろんだが、ビジネスとしても――四千万ドルは決して安い金額ではないが、仕方がない。

「わかったわ。出しましょう。ただ、そのぶんだと他の資本も入ってそうね」

「エルディア政府と自己資金よ」

自己資金――いったい亜美はどこからそれを手に入れているのだ。

「口約束だけでいいの？」

「ええ。たぶんあなたは、裏切らないと思うから。楽しくないことは選ばない人でしょう？」

私はそれには返事をしなかった。

「薬はあとでうちの者に届けさせるわ。それを注射すれば、数時間であなたの腕は元に戻る」

「それ本当なの？　まあ確かに昔似たような体験はしたことあったけど」

「同じものよ。ただ、今は研究が進んで、溶液にまですることができるようになったわ。まさか、私もまたあなたに同じことをするとは、夢にも思っていなかったけどね」

「……え!?　ちょっと待って、それは――」

亜美は身をひるがえして、病室を出ていく。決して振り返ることはなかった。

「まりなさーん」

ユカが病室にやってきた。

「着替え持ってきましたー」

「まりなく～ん」

ユカの後ろから、甲野《こうの》が姿を現す。

「心配したんだよー」

「ごめんごめーん。油断《ゆだん》したわ」

「……あんな大怪我《おおけが》をしたわりに元気だね」

「それが取《と》り柄《え》なので」

「あたし、洗濯《せんたく》してきます」

ユカが汚《よご》れものを抱えてそう言った。

「いいのよ、ユカちゃん。そんな気をつかわなくて」

「ううん、やりたいの。洗濯ぐらいできるよ」

ユカは元気よく病室を出ていった。

「まりなくんの世話をするのがうれしいみたいだねえ」

「いい子よね……ちょっと強情《ごうじょう》だけど」

「ところで……悪いニュースがたくさんあるよ」

「朝からひどい話題だわ。なに？」

「プリーチャーが生きてる」

これほど最悪なニュースはなかった。なんと腹の立つ。

「天城《あまぎ》くんに撃《う》たれたあと、確かに心臓が停止していることを確認したんだが、移送中に救急隊員とうちの所員を殺害《さつがい》して逃走《とうそう》した」

「なんなの……怪物だわ」

「それから、救急車が放置されていた現場付近で、警察庁《けいさつちょう》の平井《ひらい》も殺されていた」

「そう……プリーチャーとやりあったのね？」

甲野は肯定《こうてい》も否定もしない。

「もう一つは、昨日何者《なにもの》かによって車が爆破《ばくは》されたのだが、その中に乗っていた美村忠夫《みむらただお》とその妻が死んだ」

「誰？」

初めて聞く名前だ。

「君が持っていた四人の写真の右端《みぎはし》。エルディアの元情報《じょうほう》部員。そして、彼には中学生くらいの男の子がいた。その子は行方不明《ゆくえふめい》だ。どこかに逃《に》げたか、誰かに捕まったか――」

「でも、プリーチャーの手口《てぐち》とは違うわ」

「おとといの深夜《しんや》に、その爆破された車付近で、平井らしき男が目撃《もくげき》されているんだ」

「え……まさか、彼が？」

「僕は、平井が今までプリーチャーに情報を流していたんじゃないかと見てる。日本にいる元情報部員たちを捜《さが》して、プリーチャーと黒幕《くろまく》に流していたんだ。美村までわかったんだ、もう役目が終わったんだろうな。君を助けたことも手伝って、プリーチャーに消されたんだろう」

黒幕……。さっき亜美は、安藤への復讐について「そうかもしれない」と言っていた。プリーチャーは安藤を殺さなかったが、狙《ねら》ってはいた。でも、亜美はその殺してほしい男のことを、パトロンと言ったではないか。

「それから、安藤の双子《ふたご》は、プリーチャーに殺害されていた」

「ええっ。それが狙いじゃなかったの？　あの子たちはEVEなのよ」

「そうらしいね。天城くんから聞いたよ。背中《せなか》にナンバーが打ってあったそうだ」

そのとき、何かを忘れていると思った。何だろう。何かを思い出しかけたのに——。

「どういうことなの……」

「わからんねえ。ま、とにかく調べるよ。まりなくんは、ここでゆっくり休むんだな」

「はーい……」

「不満そうな顔をしているなあ」

甲野は困ったような顔をして帰っていった。

続いてやってきたのは、一人の少女だった。大きな花束を抱えている。

「お見舞いに来ました」

まさかその花束の中から機関銃が——と思ったが、そんなこともなく、彼女はベッドの上にその花束と、小さな金属のケースを置いた。

「注射です」

私ははっとなる。これが、亜美の言っていた薬？

少女はじれったいほどゆったりした足取りで、病室を出ていった。何も訊《き》けなかった——というか、ほとんどここに何かを届けるということしかプログラムされていないような……そんな雰囲気《ふんいき》があった。

私はケースを開けて、キットを取りだし、薬を注射した。すぐに私は眠くなり、しばらく意識を失った。

気がついたときにはもう、腕の痛みはほぼなくなっていた。

あのときもそうだった。あれは警視庁の公安部《こうあんぶ》にいた頃だ。ナイフで刺され、瀕死《ひんし》の私を救ってくれたのも、このXTORT……。どんな人間であろうと適応し細胞《さいぼう》を再生させる、オールマイティーのDNA。小次郎《こじろう》の父・天城健《たけし》が発見した、EVEの発端《ほったん》になったもの。

「よう、法条」

小次郎がドアから顔を見せた。ユカも一緒《いっしょ》に入ってくる。

「神経切れたんだってな」

「のっけからそれ？　神経切れてんのはあんたのほうじゃない？」

「かもな」

「あら、いやに素直ね」

「一応、病人だしな」

いやみな男だ。

「まりなさん、洗濯物、屋上に干してきましたー」

「そう、ありがとう」

「あっ、お花だ。花瓶《かびん》に生けてきまーす」

ユカはまた部屋を出ていった。

「あんたの上司《じょうし》にロビーで会ったよ」

「甲野本部長？」

「そうだ。プリーチャー、死ななかったんだってな」

「よかったわね、人殺しにならなくて」

そんな人間、私だけで充分だ。

「お礼がまだだったわね。ありがとう」

「別にいいさ。それから、安藤を護衛《ごえい》していた間に入手《にゅうしゅ》した情報を提供しろだと」

「まあ、あなたにもう必要ない情報なら」

「どうせお前に話すつもりだったからな。それから、ユカを保護《ほご》してくれと頼まれた」

「それはありがたいわ」

「それで、これがお前に見せようと思っていたものだ」

小次郎は一冊のファイルを差しだす。中にはかすれた文字と写真。

「この双子が、安藤美佳《みか》と美紀《みき》だ」

最初の写真を指さして、小次郎は言う。私はうなずきながら、次のページをめくる。

「……これ……？」

「そうだ。どっかで会ったことあると思っていたが……この写真でだったんだ」

その写真は、ユカだった。ナンバーは、25。

「藤井《ふじい》は……ユカちゃんを本当の娘と思っていたのね……」

あの写真の謎《なぞ》が解《と》けた。あの女の子こそ、藤井の本当の娘だったのだ。だが、その子は火事で死んだのだろう。藤井はエルディアからユカを連れだすとき、娘の記憶《きおく》を与えたのかもしれない。そして、娘の姿《すがた》を世間から抹殺《まっさつ》したのだ。でも、たった一枚だけ捨てられずに残しておいたのが、あの写真……。

「これはユカちゃんに言わないで」

「ああ、もちろんだ」

ユカはもう用済みだとプリーチャーは言った。この写真さえ死守《ししゅ》すれば、ユカはたぶん安全だ。

私は次のページをめくった。ナンバー24は、少年だった。

「今朝《けさ》殺された美村って元情報部員の息子《むすこ》らしい」

「無事《ぶじ》だといいけど……」

「で、これがたぶん、栗栖野亜美だ」

小次郎がページをめくる。最後の写真だった。

「違うわ……」

「違う？　どう見ても栗栖野だろう？」

「以前、この子に会ったことがある……」

「じゃあ、亜美に会ったことがあるのか？」

「そんなはずないわ……髪《かみ》の色が……」

「確かに亜美とは違うが」

思い出そうとしても……だめだ。うまくいかない。薬のせいだろうか……？

「ごめん……なんだか眠いわ……」

「どうした？　疲《つか》れたか？」

「そうかも……」

「柄《がら》でもないな。じゃあ、またあとでユカを迎えに来るから。ゆっくり寝てろ」

「うん……」

私は眠りに落ちた。

目を覚ますと、ユカがベッドに突《つ》っ伏《ぷ》して眠っていた。私は右手を動かしてみる。まったく問題なく動いた。

私が起き上がるとユカも起きる。

「ごめん、起こしちゃった？」

「違うわ。私がユカちゃんを起こしたのよ」

「寝てる間に弥生《やよい》さんが来たよ」

「そう？」

「よく眠ってるから、また今度来るって」

弥生は、少し元気になっただろうか。

「お花、きれいだね」

枕元には、さっきの少女が持ってきた花が飾《かざ》られていた。あのぎくしゃくとした動き——もしかして、あの子もクローンかも、と思う。

「ユカちゃん」

「なに？」

「シャツのすそから、なにか糸が出てる」

「えー、やだー」

「取ってあげるから、後ろ向いて」

ユカは素直に背中を見せる。私はシャツのすそをまくりあげた。
25——と読める、小さな痣《あざ》があった。

Kojiro 19

病院からの帰り、セントラルアベニューに向かった。バーにもごぶさたしている。何かバーテンが新しい情報を仕入れているかも——と思ったが、ドアには鍵《かぎ》がかけられ、「都合《つごう》によりしばらく休業します」という貼り紙がしてあった。

どうやら逃げたらしい。まあ、よくあることだ。ほとぼりが冷めたら戻ってくるだろう。

事務所にでも帰ろうと振り向くと、以前バーで会った黒人の男が立っていた。

「バーなら開いてないぜ」

「なにかあったのか？」

「そこのマスターの取引関係の奴が殺されてね、アシがつくと思って、一時的にたたんじまったってわけさ」

「そうか」

「半年もすれば戻ってくるよ」

男は何も言わず俺に背中を向けた。そのとき初めてわかる。彼の後ろに少年が立っているのに。

「あ……！」

あのファイルの写真の少年！

「待て——！」

俺《おれ》の声に、男が振り向く。少年の手を取って走りだした。

「ちょっと待ってくれ！」

男は人混みをたくみにすり抜けていく。少年という足手まといがいるとはとても思えない。

ただ者じゃない。あっという間に行方を見失った。

「どうしてあの男があの子を……」

何だかわけがわからない。


事務所に戻ると、扉《とびら》の前に人影《ひとかげ》があった。

「誰だ？」

声をかけるとその人影が振り向いた。甲野《こうの》三郎《さぶろう》だった。法条まりなの上司。

「どうしたんだ？　こんなところまで来て」

「なぁに。君に仕事を依頼《いらい》しようと思ってね」

「なんだ？」

「人捜《ひとさが》しを頼みたい」

事務所に入ったほうがいいか、と思ったが、ここは本当に人気《ひとけ》がなかった。海からの風が気持ちいい。甲野もそう思っているようだった。

「それをどうして俺に？　誰を捜すんだ？」

「法条まりなだ」

「え？」

さっき病院で会ったばかりなのに。

「病院から失踪《しっそう》した」

「それは……誰かに連れ去られたのか？」

「わからん。自分の意志かもしれん」

「ひどい怪我をしているのに、自分の意志もなにも……」

「まりなくんならありえないことじゃない。彼女は、小さな頃からそう仕込まれてきた子なんだよ。純粋培養《じゅんすいばいよう》なんだ」

甲野は静かに、しかしきっぱりと言った。

「どういうことだ？」

「両親ともに諜報員《ちょうほういん》でね。母親は防衛庁、父親は内調《ないちょう》にいたんだ。私の上司だった」

「そりゃやすごい。家族みんなで化《ば》かしあいをしていそうだな」

「あながち嘘《うそ》じゃない。もっともそれですんでればまだよかった」

……もっとひどいって言うのか？

「まりなくんが十歳のときに母親が暗殺《あんさつ》されているんだが、それを仕組んだのが父親だった」

「いったい、なんの冗談《じょうだん》だ？」

「冗談ならどんなにいいか……そして、まりなくんは父親に復讐をした」

「……殺したのか？」

「そうだ。父親だけでなく、その場にいた人間もすべて。でも、それが彼女の諜報員としての初手柄《はってがら》とも言えるのさ。まだ高校生だったがね」

壮絶《そうぜつ》な過去《かこ》だった。今の法条からは想像もつかない。

「まりなくんは、腕の一本なくなろうが、そんなので落ちこむような人間ではないよ。だからこそ、いなくなったことが問題なんだ」

「なんらかの意志が働いていると思ってるわけか」

「そうじゃないと思いたいけれども」

「わかった。捜してみよう」

「ありがとう。ユカくんの件は、こっちで処理するから。君はまりなくん捜索《そうさく》に専念《せんねん》してくれ。それから、エルディア大使館に行ってくれるか？」

「大使館に？」

何でそんな突然に？

「まりなくんのかわりだ」

頼まれたはいいが、どこから捜せばいいのか――。

俺も、法条が連れ去られたとは思えなかった。真っ昼間の病院から目撃者も出さずに連れだすことを、あのプリーチャー――殺人鬼《さつじんき》がやるとは思えない。だったら殺しているはずだ。動かないでは、やはり自分の意志でか？ あんな身体《からだ》では、そう遠くへは行けないだろう。

腕も目立つ。どこに隠《かく》れているのか――。

エルディア大使館で待つ間、そんなことをずっと考えていた。法条のかわりに、どんな話をここで聞けばいいのか。たぶん大使にだろうが、面識《めんしき》もない人間とクローンの話をするなんて気が引ける……。

「小次郎さま！」

聞き覚《おぼ》えのある声が背後《はいご》から聞こえた。

振り向くと――エルディアの女王プリシアが立っていた。仕立てのよさそうなスーツをきちんと着こなしている。

「お会いしたかったです……」

まさか女王本人がやってくるとは思わなかった。しかもプリシアはずいぶん会わないうちにとてもきれいになっていた。服装のせいもあるだろうが、落ち着きと自信にもあふれている。

「大きくなったなあ」

照《て》れもあって、つい親戚《しんせき》の子供に会ったみたいなことを言ってしまう。プリシアは何も言わず、俺に抱きついてきた。

「小次郎さまー……」

「おいおい、こんなところを誰かに見られたら──嫁《よめ》に行けなくなるぞ」

「そのときは小次郎さまにもらってもらうからいいです！　初恋の人と結ばれるのなら、本望《ほんもう》ですわ」

すねるプリシアは、一国の女王とはとても思えなかったが、背負《せお》っているものは俺とは比べものにならない。

「とにかく座って」

「はい。もう、日本に来られるのがうれしくって。まりなさんから連絡もいただいて、予定を繰り上げて、あわてて国を出てきました。こんなに早く小次郎さまにお会いできるなんて」

「来日の予定があったのか？」

「ええ、正式に国交を結ぼうと思いまして」

「そうか……すっかり一国の主《あるじ》だな」

「でも毎日が激動《げきどう》です……。まだ経済も法律も、教育の基盤もしっかりしていなくて……」

少し疲れた表情を浮かべながら、プリシアはエルディアの現状を語り始めた。

「実は石油が発見されそうなんですけど——」

「それはすごいじゃないか！」

「でも、その利権争《りけんあらそ》いで国会も内閣も王室もめちゃくちゃなんです。しかも、その開発に携《たずさ》わっていた日本の安藤商事という会社を設立したのが、解体されたエルディア情報部の元部員だとすっぱ抜かれたもので……」

元々エルディアは、前国王が率《ひき》いた王権派とプリシアが率いる民主派に分裂《ぶんれつ》していた。王政時代に暗躍《あんやく》していた旧情報部《きゅうじょうほうぶ》は、国内では今でもかなりナーバスな存在《そんざい》らしい。

「安藤社長が死んだのは知ってるか？」

「昨日会社の方から連絡をいただきました。ご葬儀《そうぎ》に出席したかったんですが、社内ですますとのことです。これから先、我が国との関係が変わらなければ、と思っているんですが」

プリシアに安藤商事の実態《じったい》を話すのはやめよう。

「安藤とは親しかったのか」

「ええ。とても頭の良い方で。素晴らしい特殊能力《とくしゅのうりょく》を持ってらっしゃいました」

「特殊能力？」

そんなの初耳《はつみみ》だ。

「ええ。記憶の仕方が普通の人とは違っていました。写真を撮《と》るように正確に憶えられるんですって。捨てようと意識しない限り、記憶したものは決して忘《わす》れないそうです。見た目は別にわかりませんけど」

それは便利そうだが……。

「こっちでは、クローン人間に関しての事件が起こってるんだ」

「はい。まりなさんからも少し伝わってきました。ところで、まりなさんは？　一緒に来られると思っていたのに」

「今あいつは行方不明だ」

プリシアは呆然《ぼうぜん》とする。

「けっこうな大怪我をしていたというのに、忽然《こつぜん》と病院から姿を消した」

「……誘拐《ゆうかい》ですか？」

「いや、どうも自分の意志らしい」

「いったいどうして……」

「俺にもわからん。今捜してるんだ」

「早くまりなさんにも会いたいです……」

プリシアが本当に法条のことを心配しているのがよくわかった。優しい子なのだ。

「それはそうと、クローンのことだが――」

「あ、はい。急場《きゅうば》の調べですけれども、真弥子さん以外にも人工で個体を作りだす研究が行われていた可能性《かのうせい》が高いそうです。証拠《しょうこ》や記録は見つかってませんが。それから、もう一つ考えられるのが、技術の持ちだしです。情報部が解体されたときに、そのクローンの技術を誰かが海外に持ちだした可能性もあるんです」

俺は突拍子《とっぴょうし》もないことを考え始めた。その技術がどのように記録されているかということだ。書類やコンピュータのメディアなど、さまざまなものが考えられるが、途中で改竄《かいそ》されたり欠落《けつらく》したりすることだってあるかもしれない。だが、例えば安藤のような人間の特殊な記憶として存在していたらどうだろう。情報部の人間なのだから、ごく初期からプロジェクトにかかわっていた可能性が高い。国王の記憶を真弥子に移し替えることもやってのけられたのだ。より正確な記録を欲《ほ》しいと思えば、安藤を誘拐し、その記憶をクローンに移し替えようと考えてもおかしくない——。

「少なくとも俺が知っている中で四人のクローンがいる。そのうち二人は死んじまったが」

「まあ、そんなに……」

プリシアは沈痛《ちんつう》な表情を浮かべた。

「そうだ、プリシア。安藤商事と交流があったなら、栗栖野亜美という女を知っているか？」

「ええ。何度か契約のときにおみえになりましたけど」

「彼女もクローンだ」

「ええっ……そんな……」

プリシアはかなりショックを受けたようだった。

「そういえば、真弥子さんの保管について、実は安藤商事に相談したことがあったんです」

「なんでまた？」

「彼女のために税金を使うことを快《こころよ》く思っていない人も多かったので、なにか方法はないかと。そしたら栗栖野さんが医療研究施設を建てて、そちらで預《あず》かってくれることになったんです」

「栗栖野が!?」

「ほぼ全額寄付してくださいました。真弥子さんの保管には国費を使っておりますけど、研究所ではさまざまな薬や医療技術を開発して、世界に広めているんです」

何だかひっかかる。ただの秘書ではないとは思っていたが――。

「その医療センターの名前は？」

「リリス医学研究所といいます」

リリス――アダムの最初の妻。エヴァとは別の女――。

エヴァ――ＥＶＥより先に生まれた……人間。

まさか……栗栖野は……。

Takashi 3

血の臭《にお》いがした。

僕はブレードの後ろ姿を魅入《みい》られるように見つめている。

彼は振り返り、僕に気づいた。

「なに見てる？」

僕は答えることができない。

「そんな顔をするな。人が殺されるのがそんなにうれしいか？」

「僕にもやらせて……」

「バカ言うな。置いてくぞ」

ブレードは足早《あしばや》に歩きだした。僕はあわててついていく。

「ずっと見てたのか？」

「うん」

「怖くないのか？」

「怖くないよ」

何だかあれが普通に感じるのはなぜなんだろう。血が流れ、上下していた胸が動かなくなる。

それが、自分にとってとても自然なことのように思える。ごはんを食べたり、トイレに行ったりするのとどう違うというのだろう。こんな気持ちは初めてだ。いつも母親がくれた薬を飲んでないせいだろうか。

「俺にはもうついてくるな。朝になったら家に帰れ」

「そんな……いやだよ」

ブレードにずっとついていたいと思っていた。

「さっさと寝ろ。そしたら送ってやる」

そう言って、ブレードはアパートのドアを開けようとした。猫《ねこ》が走ってきて、ブレードの足にすりよる。

ドアの鍵は開いていた。唯《ゆい》がいない。

「唯……？」

真っ暗な部屋に、猫の鳴き声が響《ひび》いた。

七日目

Marina 19

亜美《あみ》の指定どおり安藤邸《あんどうてい》に着いたのは、真夜中《まよなか》だった。玄関《げんかん》を開けて中に滑《すべ》りこむ。真っ暗だったが、奥のほうからかすかに明かりが漏《も》れている。

足音を殺しながら奥へ行くと——立派《りっぱ》な書斎《しょさい》らしき部屋の中に、亜美の後ろ姿が見えた。長椅子《いす》に座っている。

「来たわよ」

私が言うと、亜美が振り向いた。

「いらっしゃい。こっちに来て座らない？」

言われたとおりに、私は彼女の向かい側に座った。そのとき初めて気づく。長椅子に少女が寝ていた。亜美はその子の頭を膝《ひざ》に乗せ、髪《かみ》を撫《な》でていた。が、その少女はすでに死んでいた。

病室に注射キットを届けてくれた子だった。

「かわいそうに……。ついに力尽きてしまったわ」

「その子は……」

あとが続かなかった。

「クローンなの。ずいぶん私のために働いてくれたけど……まるで電池切れみたいに、ついさっき息を引き取ったわ」

「その子は、いったいどこで生まれたの？」

「エルディア国立の医療研究所で。私はそこの設立者なの。表向きは真弥子《まやこ》の身体《からだ》を管理するために作られたの」

「そこでは、この子みたいなクローンが作られていると言うの？」

「そうよ」

クローンの工場――そんな言葉《ことば》が頭に浮かんだ。

「どのくらい？」

「出来《でき》損《そこ》ないも含めれば、とても数え切れない」

「あなたが作っていると言っていいの？」

「そうよ。もっと正確に言えば、この子たちのオリジナルが私なの。私は元エルディア情報《じようほう》部《ぶ》技術本部の研究室で生まれたわ。13番目の個体よ」

「この子たちをなんのために作っているの？」

「それが私のパトロン――エドワード・シュミットの望《のぞ》みだからよ」

「……クローンを売ってるっていうの？」

亜美は涙《なみだ》をこぼした。

「この子たちの未来のためにと、シュミットに頼ったのに……結局それが仇《あだ》になったの。人間として……ううん、クローンとしての種の独立を望んでいたのに、結局奴隷《どれい》のように扱《あつか》われただけ……。

シュミットは、エルディアの情報部が崩壊《ほうかい》したとき、技術本部を乗っ取ろうとしたの。だけど、それを危険だと判断した安藤や桂木《かつらぎ》たちが、研究所を破壊《はかい》して四人のクローンたちを連れ去ったのよ。そのとき、私は私の望みを叶《かな》えるためにシュミットについたけれども、そののち安藤に説得《せっとく》されたの。安藤は特殊《とくしゅ》な記憶力《きおくりょく》の持ち主《ぬし》でね、クローンに関するありとあらゆる技術を頭に叩《たた》きこんでいた。安藤は慎重《しんちょう》にその技術の記録を消していったの。自分の記憶とそして私の存在《そんざい》だけが、最後の証拠《しょうこ》になるように。私の望みとは違うかもしれないけど、少なくとも私たちらしくは生きられるように……。でも、それが達成される前に、彼は死んでしまったけど」

亜美の顔が、悲しそうに歪《ゆが》んだ。

「──あなたのオリジナルは誰《だれ》なの？　真弥子ちゃん？」

「いいえ。でも、私は母体《ぼたい》の記憶が色濃《いろこ》く残っているの。記憶や容姿《ようし》、性格や特徴《とくちょう》が。しかも、細胞《さいぼう》を提供できるオールマイティ──つまり、もっとも人間に近いクローンなの。母の記憶を受け継いだ私は、そのまま研究者たちと仕事をすることになったのよ。そして、私の子供たちを次々と作ったの」

「真弥子ちゃんとどう違うの？　彼女が衝動的《しょうどうてき》な殺人を犯《おか》してしまったのはオールマイティでないから？」

「いえ、彼女はオールマイティよ。人の――つまり国王の記憶を移植できた最初のクローン。彼女の殺人は、クローンとしての欠陥《けっかん》とはちょっと違うの。それはむしろ、クローンとしての特性なのよ」

特性？

「生まれるときに、持ちたい特性を個体に与えることができるの。真弥子の場合は、純粋《じゅんすい》に国王の記憶を埋《う》めこむことだった。でも、そういう特性を与えると、精神のバランスが崩《くず》れるの。今まででバランスが崩れなかった個体は、私の他に二人しかいない。でも、一人は特性自体がないの。ごく普通の人間と同じなのよ。ただ生きるために生まれたなにも役目《やくめ》のないクローン」

「それってもしかして……」

「そう。藤井《ふじい》ユカよ。病院で見かけたわ。ごく普通の無邪気《むじゃき》な女の子でしょう？」

でもユカは――精一杯生きている。

「殺された安藤の双子《ふたご》は？」

「……あの子たちは、知能が発達しても、感情をコントロールできなかったの。いつまでも残《ざん》酷《こく》で思い込みの激《はげ》しい幼児だったのよ。だから、安藤を殺してしまった」

「じゃあ、この死んでしまっているこの子は……いったいなんの特性が与えられていたの？」

「人のアシスト。この子――夕子《ゆうこ》はね……プリーチャーのアシストをしていたの。シュミットから頼まれてね」

「なんですって！」

「だんだん具合が悪くなって、昨日《きのう》捨てられたんだけど、私のところに戻ってきたの。私がこの子が見ていることを見ることができるように、この子にも見えるのよ」

その言葉に、私は突然記憶が甦《よみがえ》る。

「あなた……アルカね。アルカ・ノバルティス」

「やっと思い出してもらえた？」

どおりでXTORTを使えたはずだ。かつて私は、アルカの身体からそのXTORTを移植されたのだ。彼女こそオールマイティ。どんな人間にでも融合《ゆうごう》できるDNAを持っていたのだ。

「正確には私はアルカの忠実なコピーなの。だから、能力も役目も受け継いだ」

「あなたは、同じDNAの持ち主の双子の妹や父親の違う兄さえも操《あやつ》れたものね」

「そう。でももう操ることはできないわ。藤井ユカにいたっては、もう捜《さが》すことすらできなかった。せいぜい見ているものを荒い映像のような感覚で把握《はあく》するだけ。でも私は、プリーチャーが殺していたのが旧情報部《きゅうじょうほうぶ》の人間とは思わなかった。私が知っていた旧情報部の人間は、安藤と美村《みむら》と桂木しかいなかったし。彼のやることなど、元々気にしたことがなかったし。シユミットに提供した子供たちがなにを見ているのかいちいち気にしていたら、生きてなんかいけなかったもの。

でも……双子が……美佳《みか》と美紀《みき》が殺されて初めてわかったの。シュミットの目的が。目の前で殺されたのに……私はなにもできなかった。逃《に》げることしか……」

「シュミットは、なぜそこまでして奪《うば》われたクローンを欲《ほ》しがったのかしら。だって、あなたからクローンの提供を受けているのに……」

「さあ……クローンをすべて自分の手で掌握《しょうあく》したかったのかもね」

「でもおかしいわ……。じゃあどうしてユカちゃんは〝用済み〟なの？」

亜美は顔を上げる。

「プリーチャーが言ってたのよ。その子はもう〝用済み〟だって……。あれは、ユカちゃんを藤井の本当の娘だと思っているからだと思っていた。ただの情報源としてだと思ったのよ……。もう一人の子は安定してるって言ったけど、特性はなんなの？」

「まだ覚醒《かくせい》していないの。薬で抑《おさ》えられてる。でも普通は薬でも抑えることはできないのよ」

確か真弥子もそうだったはずだ。

「だから、その子にはどんな特性を与えているの？　双子もそうだったの」

「……殺人……暗殺者《あんさつしゃ》としての特性よ。双子もそうだったの」

シュミットは、暗殺者の組織でも作ろうとしているのだろうか。

「エドワード・シュミットってどんな奴なの?」

「軍産共同体に大きく貢献《こうけん》している人物《じんぶつ》で、アメリカの産業界、政界への影響《えいきょう》は絶大《ぜつだい》よ。特に軍部に信奉者《しんぽうしゃ》が多くて、彼なしではアメリカは動かないとまで言う人はたくさんいる」

亜美が淡々《たんたん》と教えてくれる。

「で、白人至上《しじょう》主義なわけ。ある意味、白人だけなら彼だけで動かすことができそうね。でも、今はどこにいるの?」

「日本にいるわ。それが夕子の送ってきてくれた最後の記憶よ。彼は、美村貴史《たかし》を手に入れることを心待ちにしている」

「どうして? 最初は奪われたクローンすべてを欲しがったんでしょう?」

「そう思っていたけど……それは私の推測《すいそく》でしかないわ」

私はさっきから気になっていた。プリーチャーの言葉……ユカは〝用済み〟と……いや、違う。そのことではなく、もっと他《ほか》のことで……。

『もうすぐ終わるよ。本当の目的は、まもなく手に入る。今朝《けさ》は取り逃がしてしまったがね』

『本当の目的ってなによ。あなたはEVEが狙《ねら》いなんでしょう?』

『EVE……そうとも言うな。けれど、私にとってはどっちでもいいことだ』

まもなく手に入る……今朝は取り逃がしてしまった……ＥＶＥ……そうとも言う。どっちでもいいこと……どっちでも……。

「アダム……」

「え、なに？」

「亜美。あなたが作ったクローンの中で、男は幾人《いくにん》いるの？」

「男？　それでアダムと？」

「そうよ。答えなさい。いったい何人？」

「……一人よ。美村貴史だけ。男性はなぜかうまくいかないの。たくさんの失敗を重ねて、彼がようやく生まれて……しかも、一番特性をうまく植えつけることができて、薬で抑えられる程度に安定もしている。薬をやめてしまうと、覚醒してしまうわ。殺人にまつわる刺激を与えてはいけないの」

「でも、かなり優秀なクローンなのね？」

「そうよ。今の時点《じてん》では……傑作《けっさく》だわ」

「シュミットはそれが欲しかったのよ」

亜美は何も言わずに、私の次の言葉を待っている。

「クローンにこだわれば、行き着くところは一つよ。自分のクローン——もう一人の自分が欲しいってこと。ましてやシュミットは今、権力を欲しいままにしている。今の自分と同じ容姿、同じ記憶、同じ権力を持ったまま身体的に若い自分を欲しいと思うのは無理ないことよ。さらにそのうえ、自分の欲しいままの特性も植えつけられるんですもの。

でもそれが女じゃだめでしょ？　それじゃもう一人の自分にならない。だから、美村貴史が欲しかったのよ。最初から男のクローンがいたと知っていたかどうかはわからないけどね。でも、喜び勇《いさ》んで日本に来るってことは、知らなかったのかもしれない……亜美？」

「なに？」

「シュミットに、あなたの望みはわかってる、叶えてほしかったら一人でここに来いと言って。そうすれば、きっと彼はノコノコとやってくるわ」

夜が明け始めていた。

「あなたは、どうして私に協力してくれようとしたの？」

亜美が私にたずねた。

「それは内緒《ないしょ》。でもね、私は人が思うほど善人じゃないの。強《し》いていえば、それが理由」

「子供の頃は大変だったそうね」

「調べたの？　でも、あなたほどじゃないでしょ？　母は父に暗殺されたわ。自分が密《ひそ》かに大きくした麻薬密売《まやくみつばい》ルートを、母に告発《こくはつ》されるのがいやだったから。私は母の復讐《ふくしゅう》のために父を殺し、そのルートを受け継いだ。父と母の遺産《いさん》があればこそよ。それがあるから、あなたにお金が出せるの」

亜美は、返事がうまくできないようだった。

「でも私にも、あなたと同じように目的があるのよ。そのために、あなたに協力するの」

「いつかそれを話してくれるの？」

「ええ……いつかね」

Kojiro 20

早朝《そうちょう》、事務所に電話がかかってきた。

ねぼけた頭がいっぺんに目が覚《さ》めた。もしかして、法条《ほうじょう》か!?

「天城小次郎《あまぎこじろう》だな」

違った……きしきしとした男の声だ。

「これからバーに来ないか？　ほら、君がいつも利用しているところだよ」

「誰だ？」

「来ればわかるよ。会うのは二度目だが、話すのは初めてだねえ……」

電話がぷつんと切れる。

「まさか……」

俺《おれ》はあわてて外に出た。

「小次郎さん！」

突然後ろから抱きつかれる。ユカだった。

「なんだお前！　俺がお前を預《あず》かる話はおじゃんになったんだぞ」

「どこ行くの？　あたしも行く！　まりなさん捜しに行くんでしょ！」

そういえば、この子は強情《ごうじょう》な奴だった。

「まったくもう……いつから外にいたんだ？」

「一時間くらい前から……鍵《かぎ》かかってて入れなかったし」

「わかったよ。急いでるから連れてくけど、外で待ってろよ」

「どうして？」

「プリーチャーに会いに行くんだよ」

ユカは身震《みぶる》いをした。

「やあ、待っていたよ」

プリーチャーが芝居がかった手振りで俺を迎えた。バーは閉鎖《へいさ》されているはずだ……どうやって入ったんだろう。

「きさま、よくもいけしゃあしゃあと――」

「落ち着きたまえ。客人《きゃくじん》はもう一人いるんだ」

プリーチャーがあごでしゃくったほうを見ると、黒人の大男がテーブルに座っていた。このバーで何度か見かけた奴だ。

「紹介《しょうかい》しよう。ブレードくんだ。通称だがね。私と同じだ。職業までな」

やはり殺し屋か。

「そしてこちらは天城小次郎くん。しがない探偵《たんてい》だ」

自分で言うのはいいが、人に——特にこいつには言われたくない。

「こんなところに俺たちを集めて、なにを始めようっていうんだ?」

「なあに、お二人にちょっと頼み事があってね」

「早くしてくれ」

ブレードが言う。

「せっかちだね、ブレードくん。まあいい。君への頼み事は実に単純だよ。あの少年を渡してくれればいい」

昨日連れていた少年——美村貴史か。

「殺しはしないよ。彼は目的があって生まれているんだ。それを私のクライアントは欲しがっている。でも私は彼を捜しだすのに少し手間取ってしまったし、ちょっとお遊びが過ぎて、クライアントはかなりお怒《いか》りでね。あと一日でカタをつけねばならないのだよ。それで、ブレードくんのかわいいガールフレンドをちょっと拝借《はいしゃく》したんだ」

「人質《ひとじち》にとったってわけか」

「もう人を殺すなとクライアントからきつく言われたよ。仕方ないことさ」

「まさか……あの双子は殺さなくてもよかったなんてこともあるのか？」

「そうだな。でも、元々いないものだろう、あの子たちは。生きてたってしょうがないから、私が優しく息を止めてあげたよ」

俺が立ち上がると同時に、プリーチャーのナイフが喉元《のどもと》につきつけられた。

「クライアントからのいいつけがなかったら、君は死んでるよ」

ブレードが、俺の腕《うで》に手をかけた。俺はすとんと椅子に座り直した。

「ＦＢＩの女までつい殺してしまったことが問題でね。クライアントから許された殺人はあと一人になってしまった。そこで天城くん、君への頼みだ」

俺は返事をする気にもならなかった。

「法条まりなというあの女を私が殺すのを、黙《だま》って見ていてほしいんだ。あの女はやっかいだ。おそらく、私以上に執念《しゅうねん》深い。彼女一人がいなくなれば、だいぶ私も楽なんでね。今なら簡《かん》単《たん》に殺せるだろう？」

プリーチャーは、法条が失踪《しっそう》したことを知らないらしい。

「拒《こば》めば、ブレードくんのガールフレンドは死ぬことになる」

「さっきもう殺人は一人だけ、と言っただろうが」

「どこにでもいる家出娘なんて一般人は勘定《かんじょう》に入らんよ。それに、死体が見つからなければ殺人なんてなかったも同然だ」

ブレードは何も言わなかった。

「それだけでいいのか？」

「そうだ」

「わかった。承知《しょうち》しよう」

「ブレードくんも、いいかね？」

「……ああ」

長い沈黙《ちんもく》のあとに、彼は返事をした。

「じゃあ、ここでお待ちしていよう。少年を受け取ったらクライアントに渡して、それから私はあの女を片づけに行く。ガールフレンドの命は君たちの誠意にかかっているからね」

薄ら笑いを浮かべながら、プリーチャーは言った。俺たちは立ち上がり、バーから出た。

「小次郎さん！」

ユカがすぐに駆《か》け寄ってきた。

「その子は？」

「ああ、預かっている子なんだ」

あんたと一緒《いっしょ》にいる少年と同じクローンだ――という言葉をのみこむ。ユカはぺこりと頭を下げたが、少し怯《おび》えているようだった。三人で歩きだした。

「とりあえず、どうするんだ？」

「俺はアジトに戻る」

「そこに少年がいるのか？」

「いや、いない」

「じゃあ、どこにいるんだ」

ブレードが後ろを振り向くと、一人の少年がさっと近寄ってきた。

「この子を渡さないでも唯《ゆい》を取り返せる方法を見つける」

この少年が――美村貴史。

「だいたいなんだあの男は。なぜそんなにこの子を欲しがる？」

「さあな」

「とぼけるな、お前は知ってるんだろう？」

「それをこの子たちの前で言わせるのか？」

ブレードが言葉に詰まる。

「この子も、もしかしてプリーチャーに……？」

ユカがおそるおそる口を出す。

「うん……父さんと母さんも」

二人はじっと見つめ合う。

「とりあえず、お前この子たちを連れて逃げろ。俺は唯を捜しに行く」

ブレードは言う。

「それじゃみすみす殺されに行くようなもんだ」

「そんなの俺は慣れてる。お前は人を殺したことがあるのか？」

「……一人だけ」

「でも、殺意《さつい》はなかったな？　過失《かしつ》だろう」

そうだった。かなり昔、桂木をかばって撃《う》ったのだ。

「ブレード、離れるのはいやだよ」

貴史が言う。

「唯を捜しに行くなら、僕も行く」

この少年もユカに負けず劣らず頑固《がんこ》そうだった。

「そう言うな。俺一人でも――」

ブレードが言いかけたとき、耳をつんざく音と、爆風《ばくふう》が俺たちの背中《せなか》を襲《おそ》った。小石のように転《ころ》がり続け、やっと止まったとき、バーが入っているビルの半分が吹き飛んでいた。あたりは煙《けむり》でまともに見えない。

「ユカ！」

「こ、ここです！」

声のするほうに這《は》っていくと、ユカが突然目の前に現れた。

「貴史くんはこっち！」

俺の手をひっぱる。貴史は粉々になったコンクリートを身体中に浴びていたが、大きな怪我《けが》はない。ユカも大丈夫《だいじょうぶ》だ。

「ブレードはどうした⁉」

「俺ならここだ」

額《ひたい》から血を流していたが、かすり傷らしい。

消防車と救急車とパトカーのサイレンが聞こえてきた。あの爆発《ばくはつ》では、プリーチャーは生きていまい。

「いったいなにが起こったんだ？」

「たぶん仲間割れだ。プリーチャーのクライアントは、あいつのやり方にしびれを切らしたんだろう。プリーチャーを消して、別の追っ手を差し向けてきたんだ。とにかく逃げないと」

俺たちは走りだしたいのをぐっと我慢《がまん》して、人混みに紛《まぎ》れようとした。が、背後《はいご》からいくつもの悲鳴《ひめい》があがる。振り向く間もなく、後ろから銃撃《じゅうげき》をされる。とっさに俺たちは、路地《ろじ》へと逃げこんだ。

「なんて荒っぽいことしやがる！」

相当焦《あせ》っているようだ。

「ブレード！」

貴史が叫《さけ》ぶ。

「お前ら逃げろ！　ここは俺が食い止める！」

「やだよ、ブレード！」

「天城、お前のほうが地の利がある。なんとしても二人を逃がせ！」

「──わかった！」

俺は貴史とユカの手を引き、路地の奥に駆けこむ。入り組んだ路地をいくつも抜けたが、追っ手はあきらめようとしなかった。時折二人を先に行かせ、威嚇射撃《いかくしゃげき》をしても、巻くことができない。地元のヤクザにでも頼んだか？　だったらこのしつこさと派手《はで》さにも納得《なっとく》だ。

「お前ら、二人で逃げろ！」

足音の気配《けはい》が薄《うす》れたとき、俺は立ち止まって二人に叫んだ。

「ええっ、小次郎さん？」

「お前も男なら、ブレードブレード言ってないで、ユカを護《まも》れ！」

貴史は殴《なぐ》られたような顔になった。

「ユカ、港の埠頭《ふとう》に行くんだ。事務所から離れた倉庫《そうこ》にむりやり入って隠《かく》れろ」

「うん！」

「おい貴史、しっかりしろ！」

肩をつかんで揺《ゆ》すると、貴史がようやく口を開いた。

「ブレードと唯さんを助けて……」

「できるだけのことはする」

「小次郎さんも、死なないで」

ユカは涙を必死にこらえながらそう言った。俺がうなずくと、二人は走り去っていった。

静かになると、足音が聞こえてきた。一人だ。狭い雑居《ざっきょ》ビルばかりが並ぶ路地裏だった。遠くでまだサイレンが鳴っている。こつこつと足音が確実に近づいてくる。どたどたと走る音ではなく、上等の靴《くつ》で散歩でもするように。

俺は、ステアーを構《かま》え直した。人影《ひとかげ》が見えた。

「やあ」

プリーチャーだった。ブラックスーツは白いほこりにまみれ、びしりと整えられていた髪は乱れていたが……生きていたのか。俺はあっけにとられ、引き金を引くことができなかった。

彼は、グルカナイフで掌《てのひら》をぴたぴたと叩きながら、ゆっくり近寄ってくる。

「震《ふる》えているね。人を殺すことに慣れていないんだろう」

「慣れてたまるか」

「銃《じゅう》は野蛮《やばん》だ。それに不便だ。私はナイフが一番好きだね。銃になど、負けたことがない」

「大した自信だが、クライアントはお気に召さなかったらしいな」

プリーチャーの顔が、初めて歪んだ。

「君は私を殺せるかな?」

「さあな。でも殺したいほど憎《にく》んでるのは確かだ」

美佳と美紀を虫けらのように殺しやがって。

「では撃ちたまえ、その震える指で。頭を撃たなければ、私は殺せないよ」

プリーチャーのナイフがゆっくりと振り下ろされる。俺にはためらいがなかった。生まれて初めて、自分の意志で人間に向かって引き金を引いた。

Marina 20

エドワード・シュミットは、約束どおりに安藤邸へやってきた。玄関で亜美が迎える。

「亜美、どうしたのかと思ったよ。行方《ゆくえ》不明《ふめい》と聞いて心配してたんだ」

シュミットは、亜美が彼の目的を知ったことに気づいていなかった。双子を殺したのは、プリーチャーの完全な暴走《ぼうそう》だったのだ。

「すみません。こんなところにお呼び立てして」

「安藤は亡《な》くなったそうだね。お悔《く》やみを言うよ」

白々《しらじら》しい言葉に、亜美は微笑《ほほえ》みさえ浮かべた。

「で、少年は見つかったんだね」

「ええ。こちらに――」

シュミットの上気《じょうき》した顔が、居間《いま》に入った瞬間《しゅんかん》、固まる。

「誰だ、この女は」

私はソファーから立ち上がる。

「安藤へのお悔やみは、自分で言いなさい」

私は素早く銃をシュミットの額に押しつけ、引き金をひいた。ただの肉の塊《かたまり》と化したシュミットは、床《ゆか》にくずおれた。


「亜美、あなたはエルディアで待ってて」

シュミットの死体の脇で涙に暮れている亜美に、私は声をかけた。別にシュミットのために涙を流しているのではない。自分の行く末と安藤と双子たちと――自分が作りだしたもう一つの種が担《にな》った運命に泣いていた。

「あなたには、まだたくさんの役目がある」

「私がやりたいこととあなたのやりたいこと……それが合致《がっち》しなくなったら、私はどうなるの？」

亜美が言う。ためらいなく人を殺す私を見て、怖くなったのか？

「そうなったら私は徹底的にあなたを排除《はいじょ》する」

亜美の顔がこわばった。

「でも、それはあなたもすべきことよ」

「私も……？」

「そうよ、亜美。だってあなた……生きてるでしょ？　生きるために、できることをするのは、人間もクローンも一緒よ。目的が一つだけなんてことは、ないのよ」

「安藤もそう言ったわ……。生まれたときに決められていたって、生きているうちに変わったっていいって」

「そのとおりよ」

私は亜美の手を取り、安藤邸から出た。

Takashi 4

ユカを連れて走り続け、小次郎の言いつけどおり、港の埠頭に行った。

「隠れなくちゃ……」

ユカがあたりを見回し、入れそうなところを探《さが》すが——。

「もう誰も追ってこないよ」

そう、感じたままをユカに告《つ》げた。

「なんでそんなことわかるの？」

「なんでだろう……でもわかる。空気が読めるんだ。もう誰も人を殺そうって思っていない」

「ふーん……。じゃあ、貴史くんを信じようかな」

ユカはコンクリートの地面に座りこんだ。

「僕の言うことが間違ってたら？」

「間違ってないよ。少なくとも貴史くんはそう思ってるってわかるもん」

「わかる？」

「そうだよ。さっきの爆発のときだって煙で見えなかったけど、貴史くんがどこにいるかすぐわかったの」

「なんで？」

「わかんない。でも、こんなの貴史くんが初めてだよ」

自分もユカの隣《となり》に座りこんだ。日射《ひざ》しは柔らかく、さっきまで必死に逃げていたなんて信じられなかった。

「これから僕たちどうなるんだろう」

「パパもママも死んじゃったしね……」

二人は海の波を見つめながら、そうつぶやく。

「でも……きっとまりなさんも小次郎さんもいるから、なんとかなるよ」

「まりなさん？」

「あたしをずっと守ってくれた人。今は行方不明だけど」

「そうか……ブレードと一緒だね」

「うん。……まりなさん……生きてるかなあ……」

そう言ったとたん、ユカの瞳《ひとみ》から涙がこぼれ落ちた。驚《おどろ》いた。しばらくためらったのち、こわごわとユカの肩《かた》を抱いた。自分でも泣きたかったが、我慢をした。というより……ユカがかわりに泣いてくれているみたいだと思っていた。

「どうした？」

上から声が降ってきた。女性の声だ。

「弥生《やよい》さん……」

ユカが顔を上げた。

「ひどいかっこうだな。顔が真っ黒だぞ」

「あの……なんでここに？」

「ああ、小次郎に用があって……」

「小次郎さん……」

ユカはまた泣きだした。

「どうした？　この男の子は？　ユカ？」

どう答えたらいいのか途方《とほう》に暮れていた。ユカはひどく泣きじゃくるばかりで、慰《なぐさ》めようもない。

弥生という人の顔色が変わった。

「まさか……小次郎になにか？」

「俺がどうかしたか？」

突然背後から、妙《みょう》に元気な声が聞こえた。

「……小次郎さん」

ユカの泣き声が止まった。弥生が振り向いて、目を丸くする。

「小次郎……！　どうしたんだ、肩から血が！」

「ああ、ちょっとな、大したことはない」

ユカと同時に立ち上がり、彼に駆け寄った。

「小次郎さん！」

「小次郎さああん！」

二人に抱きつかれて、小次郎は海に落ちそうになった。

「なにがあったんだ……？」

きょとんとしている弥生に小次郎が言う。

「今度めし食いに行ったとき、ゆっくり話すよ」

数日後

Marina&Kojiro 21

「洗車日和《せんしゃびより》ね」

私の陽気な声に、小次郎《こじろう》は顔を上げた。すでにワックスもかけ終わって、アルファロメオの車体はぴかぴかに光っていた。埠頭《ふとう》の風は穏《おだ》やかで、カモメの声だけが響《ひび》いている。

「これからドライブにでも行くの？　弥生《やよい》を誘《さそ》って」

「使うのは俺《おれ》じゃない。氷室《ひむろ》がクライアントのとこに行くんでな」

「あらっ。氷室さん帰ってきたんだ」

「……なんでそんなこと知ってるんだ」

「この間しょぼくれてたからカマかけただけよ。弥生のことだけじゃなかったのね」

小次郎は苦々《にがにが》しい顔で私をにらんだ。

「もったいないわねえ、事務所の車にしちゃったの？」

「そういうわけじゃないけど、今日《きょう》はたまたまだよ」

「あーあ、やっぱり弥生にとって落ち着かない日々になりそうだわ……」

「うるさいなあ。依頼《いらい》じゃないのなら帰れ」

「ご挨拶《あいさつ》ね。これからまた日本を発つの」

私はすでに内調《ないちょう》に復帰していた。あんな勝手なことをしたにもかかわらずに、だ。甲野《こうの》のおかげだった。まだまだ私はここで働かなければいけないらしい。

「そりゃまた急だな」

「仕事よ。いろいろ後始末《あとしまつ》が残ってて」

「どこに行くんだ？」

「エルディア」

「そうか……。プリシアによろしくな」

小次郎は、少し笑みを浮かべた。結局私は日本でプリシアに会うことはできなかったのだ。

「ユカは元気か？」

「元気で学校に通ってるわ。貴史《たかし》くんはどうなの？」

「元気だ。薬もちゃんと飲んでて、安定してる」

二人の近況《きんきょう》は、それだけで充分な気がした。普通の人間として生きられれば、二人は自《みずか》ら生きる目的を得るだろう。

「貴史が、唯《ゆい》は明日《あす》にも退院できそうだと連絡してきた」

「ああ、プリーチャーに監禁《かんきん》されてた女の子」

「残念ながら、その恋人だった男は昨日《きのう》息を引き取ったが……」

ジョーンズを殺したあの黒人の男らしい。事件に関係した人間は、ほとんどいなくなってしまった。あとに残されたのは、何も知らない人間と、知りすぎた人間だけ。

「プリーチャーはあんたが殺しちゃったから、おごりはなしね」

「だから、あてにしてないって言っただろう」

「さんざいたぶられて、結局小次郎にいいとこ取られちゃったのがくやしいのよ」

「相変わらずだよな、お前は」

私たちは笑った。波の音に消されるくらい、密《ひそ》やかなものだったが。

「亜美《あみ》はまだ見つからないのか？」

彼女の居場所は私しか知らない。甲野にも話していなかった。今頃、私を待っているはずだ。

「ええ……」

「そうか……。もし外国のどこかで会えるようなことがあったら、伝えてくれないか？」

「いいわよ」

「『お前には幸せになる権利がある』って」

「うっわー、キザー、なにそれ！」

「お前にそんなこと言われる筋合《すじあ》いはないぞ」

小次郎は憮然《ぶぜん》とした顔でそう言うが、私は亜美にちゃんとその言葉《ことば》を伝えるだろう。きっと亜美はその言葉を聞いて、安藤を思い出すに違いない。

「俺の親父《おやじ》が作りだしたものなんだから、言うべき人間はもう、俺しかいない。この記憶《きおく》を、俺は背負《せお》っていかなくちゃならないんだ」

「じゃあ、少し軽くしてあげる。私はあなたのお父さんにお礼を言わなくちゃならない。だってこの腕《うで》は、あなたのお父さんがいなかったら、治《なお》らなかった。ありがとう」

小次郎の父が本当に望《のぞ》んだ結果……それが私の右腕だった。

「背負うのは、私も同じよ」

「そうだな」

同じ記憶ではないけれど、重さはどちらも同じだ。

「じゃあ、そろそろ行くわ。弥生と氷室さんによろしく」

「気をつけてな」

「また会うでしょうけど」

小次郎は苦笑《くしょう》する。

「もういいって感じだが……そうだろうな」

「元気でね」

私は手を振って、小次郎に背を向けた。

振り返ることはもう、この先しばらくないだろう。

あとがき

「『EVE』シリーズ新作のノベライズをお願いします」

と編集さんから言われた次の日から、ゲームをやるのはもちろん、いわゆるサイコサスペンス系（このシリーズがこのジャンルに属《ぞく》するのか、というのはこの際置いとくとして）の何かを予習せねばいかんだろうか、と思い、いろいろ本や映画を読んだり見たりしました。でも、あまり時間がなかったので、目についたものを片っ端《かたっぱし》から、という感じなんですけど。

とりあえず、トマス・ハリスの『ハンニバル』を読んでみました。前二作『レッド・ドラゴン』と『羊たちの沈黙』は大好き。特に『レッド・ドラゴン』が好き。『ハンニバル』も当然期待大。結果は……うむむ。これはこれで面白いけど、前二作とは違うものになってた。

トマス・ハリスが来たなら、次はスティーヴン・キングだと思って、『IT』を読みました。面白くて分厚《ぶあつ》くて、時間を忘れて大変な目に合いました。ついでに映画も見よう、と思って、『ショーシャンクの空へ』を見ました。ものすごく感動して号泣《ごうきゅう》しました。素晴《すば》らしい映画ですが、サイコサスペンスでも何でもありません。

それじゃあ、キングと昔よく比較《ひかく》されていたディーン・R・クーンツにしようと思い、『ウォッチャーズ』を手に取りました。お、面白い！　ページを繰るのももどかしく、読み終わると犬を飼《か》いたくなります。でも、どっちかっていうとSF……サスペンスだけど。

うーん、ちっとも参考にならないー、と思いながら、次は映画を見ることにしました。

怖《こわ》い映画ならこれだ、とばかりに、最初は『エクソシスト』。とても面白かったけど、まるでドキュメンタリーのようでした。

『悪魔《あくま》のいけにえ』なんて映画も見たけど……恐ろしい映画でしたー……。一番サイコなのなのかもしれない。『スクリーム』『ザ・セル』『ブレア・ウィッチ・プロジェクト』と最近のものも立て続けに見たけど、どれもいまいち。古いものの方が怖いのはどうしてでしょうか。

『ゾンビ』とか。けど、どんどんサイコサスペンスから離れていく～。

すっかり忘れて怖いものばっか見てるし、ゾンビなんて全然関係ないし。

けど、日本のものも一応、と思って『犬神家《いぬがみけ》の一族《いちぞく》』を、『東海道四谷怪談《とうかいどうよつやかいだん》』を——って、やっぱりずれてる……。

結局、ほとんど参考にはならなかったのでした。楽しい時間だったのか、それとも時間の無駄《むだ》だったのか……それはこの本を読めば、きっとわかるでしょう。

最後になりましたが、執筆《しっぴつ》にあたってご協力をいただいたゲームビレッジの浦本《うらもと》様、宇田《うだ》様と、素敵《すてき》なイラストを描いていただいたシーズウエアの方々、いろいろお手数かけましたメディアワークスの編集担当さんにお礼を申し上げます。

それでは。

二〇〇一年　秋　　松山みずき

EVE TFA

対応機種●	プレイステーション
メーカー●	ゲームビレッジ
ジャンル●	マルチサイト・アドベンチャー
定価●	6,800円(税抜)
発売日●	2001年9月27日

これまでのEVEシリーズと同様、二人の主人公・天城小次郎と法条まりなのそれぞれのサイト（視点）でゲームが進行する「マルチサイト・システム」を採用。プレイヤーの視点（操作するキャラクター）を次々に変更していくことで、複数の事件が互いに絡まり合っていく様をリアルに体験する事が出来る。

そして最後には、より大きな一つの謎を解決していくことになる。

◉松山みずき著作リスト

「リバイヴ ～蘇生～」（電撃文庫）

本書に対するご意見、ご感想をお寄せください。

■

あて先

〒101-8305 東京都千代田区神田駿河台1-8 東京YWCA会館
メディアワークス電撃ゲーム文庫編集部
「松山みずき先生」係
「シーズウェア・オフィシャル」係

■

電撃文庫

EVE《イブ》 TFA

松山《まつやま》みずき

発　行　二〇〇一年十一月十五日　初版発行
発行者　佐藤辰男
発行所　株式会社メディアワークス
〒一〇一-八三〇五　東京都千代田区神田駿河台一-八
東京YWCA会館
電話〇三-五二八一-五二〇八（編集）
発売元　株式会社角川書店
〒一〇二-八一七七　東京都千代田区富士見二-十三-三
電話〇三-三二三八-八六〇五（営業）
装丁者　荻窪裕司（META＋MANIERA）
印刷・製本　旭印刷株式会社
落丁・乱丁本はお取り替えいたします。
定価はカバーに表示してあります。

ISBN4-8402-1956-7 C0193

電撃文庫創刊に際して

文庫は、我が国にとどまらず、世界の書籍の流れのなかで〝小さな巨人〟としての地位を築いてきた。古今東西の名著を、廉価で手に入りやすい形で提供してきたからこそ、人は文庫を自分の師として、また青春の想い出として、語りついできたのである。

その源を、文化的にはドイツのレクラム文庫に求めるにせよ、規模の上でイギリスのペンギンブックスに求めるにせよ、いま文庫は知識人の層の多様化に従って、ますますその意義を大きくしていると言ってよい。

文庫出版の意味するものは、激動の現代のみならず将来にわたって、大きくなることはあっても、小さくなることはないだろう。

「電撃文庫」は、そのように多様化した対象に応え、歴史に耐えうる作品を収録するのはもちろん、新しい世紀を迎えるにあたって、既成の枠をこえる新鮮で強烈なアイ・オープナーたりたい。

その特異さ故に、この存在は、かつて文庫がはじめて出版世界に登場したときと、同じ戸惑いを読書人に与えるかもしれない。

しかし、〈Changing Time, Changing Publishing〉時代は変わって、出版も変わる。時を重ねるなかで、精神の糧として、心の一隅を占めるものとして、次なる文化の担い手の若者たちに確かな評価を得られると信じて、ここに「電撃文庫」を出版する。

1993年6月10日
角川歴彦